读客科幻文库

跟着读客读科幻，经典科幻全看遍。

中国新科幻

读客科幻文库 编

江苏凤凰文艺出版社
JIANGSU PHOENIX LITERATURE AND
ART PUBLISHING

图书在版编目（CIP）数据

中国新科幻 / 读客科幻文库编 . —— 南京 : 江苏凤
凰文艺出版社 , 2022.6（2023.1 重印）
　（读客科幻文库）
　ISBN 978-7-5594-6828-4

　Ⅰ . ①中… Ⅱ . ①读… Ⅲ . ①幻想小说 – 小说集 – 中
国 – 当代 Ⅳ . ① I247.7

中国版本图书馆 CIP 数据核字 (2022) 第 081156 号

中国新科幻

读客科幻文库　编

责任编辑　　王昕宁

特约编辑　　窦维佳　　张敏倩

封面设计　　文　薇　　Liam Pannier

责任印制　　刘　巍

出版发行　　江苏凤凰文艺出版社

　　　　　　南京市中央路 165 号，邮编：210009

网　　址　　http://www.jswenyi.com

印　　刷　　河北中科印刷科技发展有限公司

开　　本　　889 毫米 ×1270 毫米　1/32

印　　张　　9

字　　数　　170 千字

版　　次　　2022 年 6 月第 1 版

印　　次　　2023 年 1 月第 2 次印刷

标准书号　　ISBN 978-7-5594-6828-4

定　　价　　45.00 元

目 录

*本书所选篇目为2021年第一届读客科幻文学奖优秀作品。

时间的弃子

作者：徐西岭

10月14日晚8点45分，时间特工吕潇阳在执行#20891738号任务时失败。特工本人身亡，尸体已被回收。

该任务扰动等级评价为A，任务失败将导致本时间线出现大幅扰动。各部门已于二十四小时前进入紧急状态。

然而，截至目前，时间线变动幅度低于观测仪器最小误差值，预计未来时间线大幅变动概率低于0.005‰。紧急状态从即刻起解除。

鉴于本次任务的异常状况，监察署已派出调查员来时间局开展调查，并责令相关人员紧密配合调查员工作，违者将受到纪律处分。

讯问记录#1

对象： 刘轩

职务： 人事委员

时间： 2089年10月15日22:08

……您好，调查员先生。对，当初负责招吕潇阳进来的人是我。您当然有权访问我们的人事记录，这一点管理员已经事先声明过了。要我自己讲吗？没有问题，毕竟配合调查是我们的义务。无论您想知道什么，在时间局里都能得到答案，没人会对您有任何保留。您只管履行自己的职责就好了。

从何说起呢……作为保密级别最高的单位之一，时间局有一套独立的人才遴选机制。为了确保新成员在各方面的可靠性，每年我们都只在受信任的高校中选择背景清白的应届毕业生作为潜在的发展对象。接下来，我们会进一步观察候选人的智力水平和心理素质，并详细调查他们是否曾经表露过，或者隐藏过任何不恰当的思想倾向。通过以上全部考察的候选人会和我们的代表进行接触，在自愿的基础上前往当地的特遣基地开始试训。如果他们在六个月的试训后仍然没有被淘汰或者自行退出，那他们就会成为一名新晋实习生。之后我们将根据他们在试训期间的表现将他们分配到不同岗位，他们将经历数年的学习和实践，最后才能列入编制，成为时间局的正式工作人员。

对有志进入时间局的人而言，这一整套流程中最艰难的部分不是试训或者实习——以他们的能力，咬咬牙也就撑下来了——而是在此之前的考察，当时的他们甚至都不知道时间局的存在，也不知道有人正在调查他们的底细。一般而言，我们的筛选体系是有迹可循的：在数学、物理和计算机相关的专业当中寻找名列前茅的优秀学生。但这只是大部分情况。有些时候，我们需要的是具备某种……"特殊素质"的人才，即使他在其他方面会稍微差上一点。您感兴趣的吕潇阳就是这样一个人。记得是去年三月份吧，那时候我们就已经基本确定了本年度的候选人，也按流程把名单提交给了上级审核。管理员——就是局长，我们习惯这么叫他——通常不会修改我们的名单，然而那次是个例外：吕潇阳的名字被他加在了最后。我们立刻着手调查他的信息。他的家庭背景挺干净，父母都是中学教师，也没有乱七八糟的社会关系。虽然他读的大学不算顶尖，但在国内外也是一流水准，专业是工科，平时成绩挺不错，处在班里的上游。要是在社会上，他这种人还挺有竞争力的，但用时间局的标准来看就稍微有点……不过您知道，特事特办嘛。他仍然度过了最艰险的筛选流程。出于一种负责任的态度，多半也带点好奇心，我亲自接下了考察吕潇阳并和他建立联系的工作。其实在正式和候选人会面之前，我们就通过学校向他们透露了部分消息。接触的流程只是确定一下他们本人的意向罢了。

我记得他长什么样子：一个有点阴郁的年轻人，脸庞瘦削，穿着深色的帆布衣服，说起话来唾沫四溅，一双眼睛闪着白光。我陪着他在操场上走了两圈，那天的天气又阴又冷，风飕飕地刮。他的情绪有点激动，这是意料之中的。我问他有没有考虑清楚，他叽里呱啦地说了一大堆，我只记住了一句，就是他"不惜一切代价"也要进时间局。得到肯定的答复之后，我就让他做好准备，然后和他道别了。接洽他去特遣基地是特勤组的职责。之后我再没见过他。

……管理员自始至终没给过我们任何好处。我们都是自愿的，请您相信这一点。私人联系？不，我不这么想。吕潇阳和管理员之间不存在任何有意义的亲缘关系，这我们已经调查过了……什么？您觉得管理员有权限隐瞒自己的社会关系网？……当然，这也不是没有可能。但就算这位吕潇阳的确是管理员的某个近亲，我也看不出哪里有什么不合适的地方。说到底，带领时间局闯过从前那些大风大浪的，从来都是管理员本人，而不是文书上的那些规定。对我们这些人来说，服从命令才是最安全的选择。对了，关于时间局的行事准则，有这么一条座右铭。我现在把它告诉您，说不定会对您的工作起到那么一点帮助：

不要和时间开玩笑。

我也不知道这句话到底是什么意思。或许是我的资历还不够老，级别还不够高吧。希望您多少能理解一下。

讯问记录#2
对象：郭子明
职务：信息筛选员（实习）
时间：2089年10月16日02:13

……是，我和吕潇阳参与了同一期的时间局入职训练，在同一个特遣基地待了半年。不，我对他没有任何好感。我为时间局损失了一名特工而感到惋惜，但我绝不会怀念吕潇阳这个人。这不是私人恩怨的问题。我可以告诉您试训期间发生的那些事，但请您不要以为我是在恶意诋毁死者的名誉。如果您怀疑我陈述的真实性，可以向当时基地里的其他人求证。

从一开始，吕潇阳的待遇就和其他人不一样。我们在封得严严实实的防弹巴士上挤了五个多小时，骨头都快散架了才开进特遣基地的大门；而他坐着特勤组的直升机从基地上空降下来，还有好几个特工专程护送，我们还以为是特勤组长亲自驾到……您要知道，大家都被这番排场镇住了。假如他对别人的态度稍微友善一点，他必然会成为我们这一批试训生中最受尊敬甚至爱戴的人物。但他却完全没有这么做，而是通过另一种方式得到了他想要的东西。训练正式开始之后，我们就没有多余的精力来关注别的事了——试训生有体能训练和理论学习两大任务，每一项都要求严格，更别提还是同时进行的。在训练刚启动的那段时间，吕潇阳总是一个人面无表情地四处走动，没人知道他在想些什么，所有试图和他打交道的人都被他冷漠的态度挡了回去。其实这也不是问题，这里独来独往的人也不止他一个。如果仅仅是这样，他也不至于如此引人反感。事情是从我们去参观悖谬引擎的那一天起开始改变的。

悖谬引擎是什么？那是整个时间局的核心。我们之所以称局长为管理员，就是因为他具有控制悖谬引擎的最高权限。简而言之，引擎的功能分为两部分：向过去的引擎发送信息，接收未来的引擎发出的信息。它的技术关键在于快子[1]发生器，经其调制之

1　一种假设的超光速粒子。——编者注（本书脚注若无特别说明，均为编者注）

后的快子流能够携带二进制数据，从而实现信息在逆时间方向上的传输。至于编解码的具体过程……对不起，我绕远了。那天我们参观的只是悖谬引擎的子机，还是站在钢化玻璃后面，隔着五米多的距离看的，但我们仍然兴奋得像一群被老师带去春游的小学生，争着要拍照留念，虽然我们知道这些照片一出基地就要统统删除。唯一一个表现平静的人是吕潇阳，当时他靠在墙角，一动不动地盯着玻璃后面的引擎，眼睛眨也不眨，毫无意识地用力磨着牙，一副若有所思的模样。

那天晚上，我们正在食堂吃饭，他突然从位置上站起来，兴奋得难以自抑，用狂热的语气向我们"开诚布公"了一件事。他说，作为一个没有背景、没有关系、没有特殊能力，和这里的其他人比起来毫不出色的普通人，他一直都想不通自己为什么会被招募进时间局，也不明白自己凭什么配得上如此的重视和待遇。但今天，在看到悖谬引擎之后，他终于明白了一切：既然引擎每时每刻都在接收从未来发出的消息，那其中会不会有一封信，或者一份名单、一条新闻，上面的信息表明了他吕潇阳日后将拥有难以想象的权位，就连管理员本人都要毕恭毕敬地对待他呢？……直到现在我也想不明白，我们这些高才生怎么就被这样的疯话给镇住了。兴许因为这里是时间局，所以越荒谬的事有时反而显得越有道理。打从那天之后，吕潇阳的身旁就多了一帮唯命是从的跟班。他们对吕潇阳的豪言壮语信得死心塌地，成天围着他打转，希望他功成名就之后还能想起当年的老朋友们。剩下的人虽然不至于刻意讨好他，但也都对他多了一分敬畏。唯一一个对此嗤之以鼻的人叫王文波，他压根不相信吕潇阳，好几次表达了对他这番话的怀疑。其实这点怀疑根本不会对吕潇阳的名声造成任何损害，但他本人不这么觉得。在他看来，任何怀疑都无异于是对他本人的侮辱，因此，他发誓不让王文波好过。他和他手下的那群跟班是怎么日夜不停地骚扰王文波的，我都不想提。王文波有整整一个月寝食难安，人都瘦了一圈。后来他实在熬不住，主动找吕潇阳求饶去了。您猜吕潇阳是怎么做的？

……他当着我们所有人的面，大言不惭地宣称：王文波是他最好的朋友，从今往后谁敢再碰他一个手指头，就是和他吕潇阳过不去。

您现在应该看出这家伙的手腕来了。兴许这就是管理员对他青睐有加的原因？我不知道，也不想知道。训导员根本不管这些事，可能他也不想得罪未来的大人物吧。训练结束之后，只有吕潇阳一个人当上了见习特工。能够不用每天和他见面，不管分到什么岗位我都觉得舒服。但反正他已经死了，我也就不再说他的坏话了。积点口德对自己有好处，我想，应该是这样。

讯问记录#3

对象：杨晏如

职务：情报员

时间：2089年10月16日07:33

……每名时间特工在正式上任前都要经历一段时间的见习。和其余职务的不同之处在于，不能胜任工作的特工没有保持见习身份的机会，而会立刻被调到别的岗位。原因很简单：时间不容许你和它开玩笑。在见习期内，组织将给见习特工们安排一些难度不高的任务，视其完成度和数量来决定特工的去留。

"时间特工"这个名字听上去唬人，其实干的大部分都是些杂活。为了闭合因果链，很多时候你需要大费周章地做一些莫名其妙的事情。拿我自己来说，我曾经用伪造的证明潜入一个高档小区的地下停车场，把硬币大小的感应炸药片贴在一辆私家车的轮胎上，为的不过是让车主在一个十字路口停下来，被摄像头抓拍到而已。我们当初一共六个人，只有吕潇阳一个经过重重考验，最后成为正式特工。他是个挺厉害的人，缺点就是太独，总是不拿正眼看人，好像别人抢了他东西似的。其实他一开始并不是最杰出的那个，比他领先的还有个刘曜。他是从西南分局调到总部来的，为人谦和，做起任务来也滴水不漏。我们都看好他，可他很快就挨了处分，又被调回原部门去了。处分刘曜的理由是他和外部人员发展情感关系——由于工作的特殊性，时间特工在职期间严禁谈恋爱。至于这件事是怎么被发现的，说起来颇有些蹊跷。为了防止暴露，刘曜和他的女朋友一直采用最原始的书信方式进行交流，他会趁着出任务的间隙把信投进街角的邮筒里。可没想到有一次，他寄出去的那封信出现在了特勤组长的书桌上……然后吕潇阳就顺理成章地坐上了第一的宝座。不，我并不是在暗示什么，毕竟相关性不等于因果性嘛。我只是觉得这件事实在有点可疑。不管怎么说，吕潇阳的个人能力是不容怀疑的。扰动等级D以下的任务，他一人完成了一百三十二个，平均完成率百分之百，超出我们其他人一大截。他还创下了时间局里的两大纪录：在最短时间内晋升为正式特工的实习生，以及唯一一个在晋升仪式上由管理员亲自颁发制服和徽章的特工。值得一提的是，这件事当时还引起了特工内部的一点风波。您要知道，时间特工向来只有在完成极为艰险的任务后才可能得到管理员亲自授勋的荣誉。吕潇阳的表现再出色，他也不过是个新人罢了，怎么能配得上这样的待遇？……虽然没人直接说出口，但谁都能感到一种愤愤不平的气氛。我觉得，正是为了在其余特工面前证明自己的能力，吕潇阳才选择了这个A级任务作为自己转正后的首次亮相。绝大部分特工在转正后执行的第一个任务都不过是C级，偶尔有人执行B级任务，那都算得上新闻了。假如他真的完成了这个任务，所有人都会心服口服，不会再多说一句话的。其实现在同样也没人多嘴了。作为一名时间特工，他死在自己主动请缨的任务上，也算得上英勇殉职，死得其所。局里过两天还要给他开追悼会呢。

　　……虽然我不知道会有多少人去就是了。

讯问记录#4

对象：张向远

职务：计算师

时间：2089年10月16日10：24

　　……悖谬引擎收到的信息可分为三类。第一种是我们从未来传回的资料，包括当时的国际局势、经济数据、黑天鹅事件[1]等，

1　指难以预测且不寻常的事件，通常会引发巨大的负面影响。

我们把这些信息按类别和重要程度整理好，然后提交给上级部门，为他们的决策做参考；第二种是毫无规律的乱码，我们把它们复制下来，等时间到了再送回过去，以完成"发送——接收"因果链；第三种是自然涌现的信息，也是最难处理的一种。为了理解它们的来源，您需要把因果关系颠倒过来：普通的信息是先被采集，而后被发送，最后被接收；而涌现的信息是先被接收，然后被采集，最后才被发送。没人知道这些信息为什么会被送来，但只要它们出现在了悖谬引擎的显示屏上，就代表它们必将在未来的某个时间点被送回当下。它们描述的内容、产生的来源都完全无法预测，因此，我们才用"涌现"这个词来形容这些信息。时间特工的职位就是为回收这些涌现信息而设立的。只讲理论或许有点干涩，让我举个例子来向您说明我们的工作流程。

昨天晚上，悖谬引擎收到一张照片，上面是一个站在街角抽烟的男人。这显然不是什么重要资料，也不是乱码，因此，它属于要谨慎对待的涌现信息。计算师首先会评估这条信息所代表的因果链在未能闭合的情况下会对时间线产生多大的扰动，也就是所谓的扰动等级。就这张照片而言，是E级，适合交给见习特工练手用。接下来需要判定的是时间、地点和采集设备这三大关键参数。一般情况下，识别算法在信息生成的时候就已解决这个问题——今天上午9:43，A城中心广场东出口，K4000型号手持相机。然后就轮到时间特工出动了。他们会提前赶到目标地点，对周围的状况进行勘查。有时信息能够自然生成，就像刚刚发生过的那样：那个男人已经站在街角抽烟，旁边也有一个四处张望的街头摄影师。碰上这种好事，特工只需要看着摄影师拍下照片就好了。时间局的网络稍后会自动回收所有信息。这是比较简单的情况，但假如事情没有那么顺利，特工们就需要帮上一把。比如说，那个站在街角的男人手上可能一根烟都没有，这时特工就会在他旁边点上一根，等他忍不住时把烟掏出来，或者厚着脸皮向特工讨要。把时间的细线精确无误地穿进现实的针孔，这基本就是时间特工要做的工作。秘诀就在于要顺水推舟，而非拔苗助长，一名称职的时间特工能够领会两者之间的微妙差别。区别在于它不仅需要耐心和专注，更需要一点特殊的天分。很多东西学是学不来的。

……我们不能忽略那些看似无用的涌现信息。即使内容无关紧要，但它们始终代表着一种确切的未来。假如这种未来需要时间特工的协助才能达到，而我们又对它置之不理的话，时间线就会受到扰动，已经发生过的事就会被更改。即使是微小的扰动，也可能造成难以预计的后果。我们所处的现实并没有想象中那么强韧，支撑它存在的不是坚固的金属支柱，而是几条纤细的玻璃丝，没人知道它的极限究竟在哪里。绝不和时间开玩笑，这才是时间局的行事宗旨。搞不懂这句话的人是不配在时间局里任职的。

关于自然涌现的信息，还有些事我想您应该知道。您说得没错，它们大部分都挺无聊，像是监控录像的截图、图书馆的借阅记录、交通部门开出的罚单等，但偶尔这些信息所包含的内容也会相当敏感，甚至十分危险。如果您去问几个服役时间长的特工，他们会告诉您更多细节。我现在所说的只是猜测而已，因为我还没亲自经手过这种事。但我想自己迟早会碰上它的。

……您有想过看到一个活人的死亡证明是什么感觉吗？

讯问记录#5

对象：戴文浩

职务：时间特工

时间：2089年10月16日15:45

……我们管那些可怜人叫时间的弃子。他们既无病也无灾，更没做过什么伤天害理的坏事，然而悖谬引擎已经预言了他们的死期，时间本身已经抛弃了他们。如果他们没有在引擎预言中的时间死去，所产生的扰动最低也是B+级。根据计算部门的估测，80%以上的人类个体会在此过程中受到影响，可能造成的潜在损失是一个无法计算的天文数字。时间局在这一方面历来奉行功利主义原则。只要有机会，我们就会扳下道闸，让火车开向受害者更少的那一边。抵触情绪肯定是存在的。所有的特工都知道他们本身没有任何罪过，唯一的错误就是运气实在太差，被随机坍缩的波函数选为了牺牲品。

处理时间弃子的任务向来需要时间局最高层直接委派，接到命令的特工在任务执行前后都需要进行严格的心理干预，任务完成后还要被强制休假。即便如此，愿意执行这类任务的特工仍然少得可怜。据我所知，吕潇阳是第一个主动申请干这种事的人。当时我还私下里找过他，劝他谨慎一点，不要急着出人头地，毕竟他任职的期限还长。但他拒绝了我，语气生硬，冷冰冰的，说他有十足的把握，不需要别人说三道四。我想组长肯定会驳回他的申请，换一个更有经验的特工来做，没想到他们不仅同意了，还指派我来辅助他规划任务的实施方案。

任务目标——按照他的说法，是"那个死人"——跟他差不多年纪，是个刚刚毕业的大学生，没找到工作，目前一个人住在廉租房里待业。需要回收的信息是一张照片，鸟瞰视角，上面是一个趴在街上的人影，身下一大摊血，还盖着一件蓝色的风衣。时间和地点都确定了，晚上8点45分，本市东街写字楼底下。目标有晚上出门散步的习惯，次次都要经过那边，为了图清静，还专挑没人的地方走。方案很快制订完毕：写字楼背后有条暗巷，到时吕潇阳就守在里面，等目标经过时截住他，把他逼到楼顶，然后再把他推下去，由无人机负责拍摄照片。老实说，这个任务的难度在同级别里算是比较低的。行动之前，组长特意把我们两个叫到办公室，把要用到的装备——一把消音手枪——交给了他。他看都不看，把枪插进口袋里就走了，样子简直像是去决斗……不，我没跟着他去。一个特工能完成的任务硬要别人帮忙的话，结果往往会适得其反，我们管这叫最小干预法则。很遗憾，我并不了解他失败的细节，您还是得去找别人。或许组长能告诉您？

讯问记录#6

对象：聂卫扬

职务：特勤组长

时间：2089年10月16日17:45

……我知道您想问什么，调查员。我现在也不知道那天晚上究竟发生了什么，但这里有人是知道的。让他来说吧。

讯问记录#7

对象：蒋源

职务：时间局试训生

时间：2089年10月16日17:46

……您好，调查员。您好，特勤组长。没有座位？没关系，我可以站着说。我来到这里才两天，还有很多东西要学，但他们告诉我要先回答您的问题。关于那位殉职特工死亡的细节，我可以从头到尾向您陈述一遍。您知道这是为什么吗？

因为就是我把他从楼顶上推下去的。

其实我也搞不懂时间局为什么要招募一个失败任务的原定目标进来工作。这是某种替代机制吗？你杀死了一个特工，就要自己来填补空缺？我无论如何都想不明白。这里到处都是谜，我自己的经历也是一个谜。即使是您，调查员先生，难道就能搞清楚谜题的全貌吗？还是说您也是这个谜题的一部分呢？

……对不起，我说了些没用的废话。现在我就告诉您当天晚上发生的一切。

……晚上在街上散步是我的习惯。只有把注意力放在路上时，我才能抛开生活中的各种烦恼。写字楼背后的那条小巷我常去，那里人少又安静，在嘈杂的市区里很难得。前天晚上，大概是晚上8点半，我走到巷口，发现有个黑影靠在安全出口旁边，好像在等人。我走到他身边时，他突然出声叫了我的名字。我下意识地回答他，正想着在哪里听过这个声音，他却掏出个闪着光的金属玩意儿对着我。我一看，是把手枪，吓得差点背过气去。

他让我举起双手，进到安全出口里面去，我按照他说的做了。在楼梯间里，我转过身来面对着他。可能是日光灯管的原因，那张脸苍白得吓人，眼睛眨都不眨一下，死死地盯着我，瞳孔跟枪管一样又黑又亮，看上去就像个疯子。他一步接一步地朝我面前逼近，我没得选择，只能往上走。走了一层楼，我问他究竟想要什么，是钱还是什么别的东西，结果他什么话都不回答，我当时就觉得自己死定了。楼梯间又高又窄，每层楼的通道都被锁上了，逃是逃不走的，只能和他硬拼。拳脚功夫我练过一点，可我的手脚都在发抖，怎么也下不了决心，而他也很注意和我保持距离，枪口始终离我一米开外。我俩就这样一路对峙着走到楼顶。上了天台，让冷风一吹，我反倒冷静下来了。我告诉自己：今天非跟他拼个你死我活不可。等他把我逼到护栏边缘，快把枪凑到我鼻子上的时候，我问他："既然你无论如何都要杀了我，起码让我留条信息再说吧？"

他轻蔑地哼了一声。我把手放下来，佯装成拿手机的样子，猛地从下面给了他一拳，正中他的下颌。他竟然没被这一拳撂倒，还对着我脑袋开了一枪——不知怎的，我竟然没被他打死。趁他愣神的当口，我冲上去，抱住他的一条腿，拼尽全力把他的身子掀起来，从背后摔了出去。他掉下去的时候伸手乱抓，把我披在身上的风衣扯了下来。把他扔下去之后，我在楼顶喘了好久的气，稀里糊涂地走了下来，一路昏昏沉沉，回到了自己家。几个小时之后，时间局的特工敲响了我家的门，我就被接到这里来了。

那天晚上发生的事就是这样。很奇怪，对不对？我很想知道到底发生了什么，但现在我觉得最好暂时把问题放在心里。这两天来我的见闻比前二十年还要丰富，我不奢望自己能在短时间内就把它们通通搞懂。用训导员的话说，在时间面前应当保持敬畏和谦卑。多看，多学，才是新人应当做的事。

……不过我还是挺在意那把空枪。

讯问记录#8
对象：吴为
职务：时间局管理员
时间：2089年10月16日19:00

……您终于来了，调查员。请坐，不用拘谨。看得出来，比起刚刚踏进时间局大门的时候，您对这里有了更深入的了解，也产生了许多新的疑问。您不明白事实的真相，所以才找到这里来，不是吗？……这样就好。我现在就把这次任务的来龙去脉向您解释清楚，让您能够顺利回去复命。相信我，这对我们的工作都是有好处的。

想必您已经知道，悖谬引擎时不时会涌现出一些同现实世界相关的信息。它们大部分都是些毫无意义的片段，是这广袤无边的世界中一张微不足道的剪影。然而，两年之前，悖谬引擎收到了一份很有意思的文件。一开始，我们的算法甚至没有把它正确识别为涌现信息，而将其当成了提交给上级部门的资料处理。直到筛选员二次审核这份文件的时候，我们才发觉它的重要性，并为此成立了专门的工作组，只有时间局的最高层人员列席其中。

这份文件上有着监察署的数字水印，里面详细描述了一位因公殉职的时间特工非同寻常的任职经历，以及对他死因的详细调查过程。

在读完这份文件后，首先提出意见的就是特勤组长。他说，虽然每个时间特工都有为维护时间线稳定而献身的觉悟，但这种毫无希望的死局仍将不可避免地打击特工们的士气。我们应对涌现信息的手段本就捉襟见肘，如果特工们失去了工作的热情和责任心，变得人人自危，长期后果将是灾难性的。而与此同时，根据计算组长的评估，这份文件的扰动等级达到了触目惊心的A+。如何在保证时间局存续的前提下顺利完成整条因果链，瞬间成为我们面临过的最棘手的麻烦之一。不幸中的万幸是，文件本身的描述足够详细，让我们可以按部就班地进行部署。

虽然不明白为什么要如此优待这位特工，但我们还是按照指示去做了。说实话，我们对这个任务的完成度并不抱太高的期望，因为我们没法确定吕潇阳究竟会如何行事。要是他稍微控制一下自己的野心，表现得不那么刚愎自用，不把别人当成自己的垫脚石，我们的计划都会出现漏洞——但他不仅做了，还把这种性格发挥到了极致。从刚进入时间局开始，我们对他的特殊对待就让他误以为自己高人一等，不仅助长了他的骄纵心态，还让他把同一届试训生中本可以成为朋友的人变成了唯利是图的跟班，剩下的人则对他厌恶透顶。他带着这种自以为是的心态当上了见习特工，把比自己优秀的人都视作向上爬的障碍，更让别人从此对他敬而远之。我们刻意安排的简单任务又让他误以为自己真的比别的特工都高出一筹。为了证明自己配得上我给他的特殊对待，他选择了这个A级任务来表现自己，即使要亲手杀害无辜之人也在所不惜，这也正中我们下怀。特勤组长交给他一把没装子弹的枪，他验都不验就拿走了它，最后的结局就是被蒋源摔死在大街上。

您也看到了，有多少人为他本人而哀悼，即使是和他一同训练的伙伴？有几个特工真正把他视为自己的战友，而非不自量力的无能之辈？除了您，有没有人想要调查他死亡的真相，而不是像现在这样，等着我们给出一个似是而非的结论？文件的预言执行得如此完美，超乎我们所有人的想象。总之，作为一名时间特工，吕潇阳出色地完成了自己的任务，顺利闭合了因果链，让整个世界躲过了一次A+级时间线扰动灾害，这就是您想知道的问题的答案。至于我们为什么要招募蒋源，那是因为他已经接触到了时间局的秘密。即使让他待在局里什么都不干，也比放他出去被别有用心的人盯上要好。您对我的解释可还满意，调查员先生？

……我知道您在想什么。您认为我们的行为难以容忍，让您觉得很不舒服。您或许还认为，我们时间局的高层都是些草菅人命、玩弄人心的浑蛋。我可以理解您的这种想法，毕竟您不需要每天和时间打交道。我想，或许您还没有认识到时间线扰动究竟意味着什么。我们这里的许多试训生都以为时间线扰动无非代表着历史的另外一种可能性，一个和当下截然不同的崭新世界，那是他们的理论学习得还不够到位。您要明白，断裂的因果链不会保持这种不连续的状态，它会自行寻找路径完成接合，而这条路径的走向完全由时间波函数的坍缩所控制，换句话说就是没有任何规律。自由意志在这里毫无用处，因为被更改的是已经发生过的事，而我们在时间中的运动方式是单向线性的。想象一下，全世界七十亿人都进入类似于梦游的无意识状态，持续数月乃至数年——这可能就是时间线扰动时的世界历史。当我们从这种状态中醒来，再一次回到现实时，世界将变成我们从未想象过的模样，大多数人也许早在这一过程中就因为脱水或饥饿而丧命了。很幸运，这种大规模的扰动迄今为止尚未发生过，因此，我们无从得知它究竟有多么可怕，但我也不知道时间局还能继续维持这种情况多长时间。

说实话，有时我真怀念悖谬引擎建成之前的那些日子。那时的时间是一条多么平静的小溪，载着整个世界缓缓流动，不像现在这副凶险的模样，到处都是暗礁和漩涡，还时不时从深处泛起一些充满硫黄的毒气泡。关于涌现信息的真正来源，局里有不少专家都提出过他们的猜想，其中有概率论的说法，也有决定论的说法，但没有一个能够得到所有人的肯定。然而有一种特殊的理论，在我看来真正指到了问题的核心。您不可能对此有所耳闻，这种理论在时间局内是被严禁传播的。我们也不知道是谁提出了这一理论，因为发送它的时机尚未到来。简而言之，它的内容就是：悖谬引擎和不断扩大的时间局本身就是涌现信息的真正来源。每当时间局这个依托于悖谬引擎建立的机构扩张一分，我们就能更有力地干涉现实，涌现的信息就会变得越来越频繁，越来越夸张，倒逼我们继续招募更多的人员，申请更多的经费，来处理越来越难以解决的问题。虽然这个理论听上去有点唯心主义，但令人不安的是，根据近年来的统计数据，它似乎真的有迹可循。这是一个自我强化的正反馈循环，结局在哪里我也不知道。

但即便如此，我们仍然不能关闭悖谬引擎。到现在为止，它还在不断接收从未来发出的信息，一旦引擎停止工作，这些信息所代表的"发送—接收"因果链就通通断掉了，时间线会受到更大的扰动。

唯一一种关闭悖谬引擎的可能性是：我们做出计划，约定要在未来的某个时间点关掉它，然后等着看它有没有收到更多的信息。假如它一直保持沉默，我们到时才能关闭悖谬引擎，然而这种想法本身也是不切实际的。就算没有任何涌现信息，时间局的未来信息对执掌国计民生的部门来说也实在太重要了，它们不可能同意关闭悖谬引擎的任何提议。假如没有引擎传回的数据，单就自然灾害这一项，每年因此丧生的人数就会翻几十倍，经济损失翻好几千倍。我们越来越依靠引擎的能力，这是好是坏没人说得清，如今能确定的只有一件事：从启动悖谬引擎的那一天起，我们就再也没有回头路可走了。最后，请允许我再向您透露一个秘密：当初决定是否建造悖谬引擎的时候，我投的其实是反对票。我陈述过自己的理由，可他们没一个真正听进去。您想知道我对他们都说了些什么吗？

不要，和，时间，开，玩笑。

我能告诉您的就是这些，调查员先生。看看表，您在时间局里待得够久了。回监察署去，报告您的调查结果吧。这边您不必担心，我们稍后会回收您的报告的。出去的时候记得带上门。恕不远送，再见。

时间特工吕潇阳在执行#20891738号任务时英勇殉职，追悼会将于10月18日举行。

　　计算部对本次任务评估有误，更新后的扰动等级评价为C。相关人员已受到处分。

独立器官

作者：左良

一

　　按照母亲的话来说，今天是我的十岁生日。

　　在阳光和煦的午后，母亲早早便进入厨房，为我准备今日的晚宴。在偌大的厨房里，她身着黛绿色围裙，戴着手套的双手熟练地摆弄着各种厨具。而我则躲在厨房的门后，静静地观察着她做饭的姿态。此时的母亲正笔直地站于炉灶前，双脚如木桩一般伫立不动。她井然有序地控制着前方的餐厨设备，并精准地把控着各项料理的工序。

　　在这个过程中，母亲一直保持着微微低头的姿态，从不看向左右两侧的炉锅。她似乎永远只盯向前方，并且脸上总保持着十分平静的表情。

　　在相当长的时间里，我一直以为母亲拥有着闭眼做饭的能力。直至某天，我仔细观察，才察觉到母亲眼眶里漆黑的眼珠亦会时不时地快速转动，而当她用眼角的余光瞥向一侧时，她的手也会同步做出对应的动作。那是母亲做饭的习惯，除了眼球和双手以外，身体的其他部位几乎都静止不动。

观看母亲做饭的场景，是我为数不多的兴趣之一。而我则在观察过程中，一直期待着看到母亲失误的场景，期待看到她转动眼珠后双手依然保持不动的画面。但可惜的是，自我观察至今，母亲从未失误。在她坦然自若的神情面前，仿佛一切的食材烹饪都尽在她的掌控之中。

"良秀，爸爸还有七分钟就回来了。"母亲忽然说道。她似乎一直都知道我躲在门口观察她。在我与母亲双目对视的时候，她的神情也变得温和了起来，露出了十分温柔的笑容。与此同时，她的身体也仿佛活过来了一般，不再如方才一样冰冷僵硬。

我看向墙上的电子时钟，时间来到了17点53分，七分钟后正是18点整。

在我的印象里，父亲似乎对时间有着相当严格的把控。每逢工作日，他总会在早上7点准时出门，并于晚上6点回家，分毫不差。今天亦是如此。当时钟上的数字跳到"18:00"的瞬间，家里的门便同步被父亲推开。

和母亲特殊的做饭习惯类似，父亲也有着某种特殊习惯。

每当他步入家门，总会在玄关前伫立几秒，身体一动不动。在这几秒钟里，父亲的神情和母亲做饭时一模一样，保持着毫无波澜的平静，全身上下也唯有眼珠在眼眶里四处转动。这种伫立与平静也会在他的目光发现我时悄然消逝，脸上的表情也变得丰富起来。随后，他便会放下手中的公文包，快步向我走来，将我抱入怀中。在父亲的怀里，他那原本高大僵硬的身躯，此时也变得柔软且温暖。

"去叫爷爷下来吧，准备吃饭了。"父亲发出浑厚的声音，对我说道。

爷爷是家里最特别的人。他独自住在二楼，并且很少离开他的房间。和父母相比，他似乎没有一丝时间观念，从不在特定时间醒来，也会随时睡去。爷爷退休前似乎是个医生，在他隔壁的房间里存放着许多已经停止印刷的医疗书籍，以及许多古老的医疗仪器。如今，他已过八十岁高龄，身体也不再健朗，多数时间都躺在轮椅上度日。他的双手也不像母亲的那般灵活，甚至在吃饭时也显得相当乏力。大部分情况下，他只能在母亲的帮助下进食。

在我生日的这天，爷爷控制着轮椅来到了摆满丰盛佳肴的餐桌前。他眯着眼，露出和蔼可亲的笑容，向我祝贺道："生日快乐，良秀。恭喜你今年十岁了。"

话音刚落，屋子里响起了生日快乐歌。父亲与母亲一同向我祝福，他们的脸上洋溢着欢乐喜悦的表情。幸福的氛围萦绕于整个餐厅，家人们的欢声笑语亦不绝于耳。但此时此刻，被家庭的温暖所紧紧围绕的我，并没有感到过多的喜悦之情。生日蛋糕上的十支蜡烛被依次点燃，映照出的火苗在我的瞳孔中微微跳动，我盯着它怔怔出神。

事实上，这是我人生中度过的第一个生日。

我并没有九岁以前的记忆。这些记忆仿佛被封存于一个被冰冷枷锁禁锢的黑箱里，每当我尝试着去触碰时，便会情不自禁地产生强烈的寒栗。我脑海中的记事起点，便是一家陌生的医院。我在这所医院中醒来，随后很快被送往一处郊区的住所，那便是我如今居住的家庭。

几个月后，当我适应了新的环境时，才逐渐理解了自己所处家庭的特殊性。

这是一个"器官家庭"，家庭中的所有成员都只拥有一部分的人体器官。爷爷接受了一种名为"独立器官"的躯体手术，他将自己完整的器官分离了出来，用一部分组成了母亲，一部分组成了父亲，还有一部分组成了我。在我们三者体内，都运作着爷爷所赐予的不同器官，其余部位则由人造器官搭载而成。

爷爷终身未婚，而通过这种手术，他用自己的器官组建了只属于他的独有家庭。

在这个特殊的家庭里，我们都是独立器官的产物，流淌着爷爷的血液。

二

在很长一段时间里，我一直很好奇自己身体的哪一部分是爷爷的器官。

然而，爷爷却基本闭口不提家庭成员和独立器官相关的内容。在我屡次三番的追问下，他才会稍微告诉我一些细节。这时候，爷爷会一边轻抚我的头发，一边露出慈祥的微笑，说道："妈妈帮爷爷触摸到更多的事物，爸爸帮爷爷走到了更远的地方。"

"那我呢？我是爷爷的什么？"

"你是爷爷的眼睛。"爷爷笑着说道，用枯槁的手轻抚着我鼻梁上的眼镜，"你将代替爷爷看到光明。"

从那以后，每当我继续刨根问底时，爷爷便只会笑而不语。他没有告诉我具体的答案，我也仅能从他模糊的回答中猜测，或许妈妈移植了爷爷的双手，父亲移植了爷爷的双脚，而我则移植了爷爷的眼睛。

但真正的答案究竟如何呢？恐怕除了爷爷和他的主刀医生，无人知晓。

在生日会结束后，母亲和父亲一同收拾餐桌，爷爷则操纵着轮椅回到二楼的房间。我换上了外出的衣服，悄悄离开了家。

夜色之下，月隐星现，露重风轻。街道上唯有老旧的路灯照亮几条幽静的小路，我徐步于一条蜿蜒曲折的小道，穿过了一片住宅区后来到了一处破旧的集装箱面前。集装箱在此处已废弃了多年，早在长时间的日晒雨淋下变形生锈。附近也是杂草丛生，散发着潮湿刺鼻的气味。

这是我的秘密基地，也是我另一个不为人知的家庭。

我轻声细步地走到了集装箱面前，拉开了斑驳生锈的铁门。映入眼帘的是一盏昏暗的煤油灯，以及微弱的火苗映照出的简陋空间。煤油灯被放置于一个约一米长、半米宽高的铁皮箱上，铁箱四周则摆放着四个矮小的木箱。此时，两个女孩儿正各自坐在木箱上，其中一人留着短发，面带稚气；另一人则长发及肩，身着淡青色长裙，娴静温和。

"我回来了，月纪。"我坐到短发女孩儿面前，轻抚了一下她的脸颊。

短发的女孩儿名为月纪，长发的女孩儿名为竹清。

"生日快乐，哥哥。"月纪将头埋进我的怀中，喉咙中发出极其细微的声音，"爸爸还没有回来。"

我看向集装箱内唯一空荡的木箱，那是属于"爸爸"的位置。

"爸爸他还在忙，晚点会回来的。"我安慰道，同时模仿着父亲的动作，将月纪拥入怀中，轻抚她的后背。

对我而言，这个废弃的集装箱里，是我的另一个器官家庭。

集装箱里的四名成员皆是来自不同器官家庭的孩子。在这个矮小昏暗的空间里，我们扮演着不同的家庭角色。年纪最小的月纪和我是兄妹，坐于一旁的竹清和尚未归来的叶盛则充当着父母的角色。

按《独立器官法》中的记载，被赐予独立器官的人仅能和原赐予者组成家庭。也就是说，在一个器官家庭里，不允许任何家庭成员体内拥有其他人的器官。其中，被创造出的器官成员不可擅自与外来人员建立亲属关系，若无特殊的工作需求，其社交范围也仅限于原本的器官家庭之内。

关于这条《独立器官法》中的第一条约，爷爷曾向我讲述过它存在的意义。

在2050年，为应对人口老龄化下不婚人口数量的日愈进增，独立器官手术首次面世。

爷爷讲述道，不婚与丁克或许并非他们最初的选择，只是在时代背景下，大多数人只能被迫走向这条不归之路。

面对着日益增速的社会节奏，社会分工也在各领域更加细化。

这种分工趋势也最终降临到了人的身上。人体内蕴含着各式各样的器官，各个器官所能支撑的劳动比重不同，彼此之间也存在着相互牵制的身体保护机制。然而，只要计算出各个器官最大强度的工作上限，并为其提供更加适配的生理环境，那么个人所能提供的劳动力就会被无限放大，从而实现生产力的进一步解放。对器官分离的一系列理论研究，也促成了后续独立器官手术的出现。

对于这个时代而言，独立器官的出现或许是一大福音。在社会层面上，它为这个老龄化极其严重的社会注入了大量的生产力。即使是年近古稀的老人，也能通过人造器官的适配将自己合格的器官投入新的身体，继续参与劳动生产，从而持续创造财富。在家庭层面上，独立器官手术的存在也满足了部分高龄独身者对家庭的渴望。

当然，独立器官的计划并非百利而无一害，它会缩短被分离器官者的寿命，加速死亡的到来。从某种层面上看，这种手术更像是将人原本的寿命划分出去，促成了多个自我的诞生。被赐予了寿命的家庭成员，将始终受禁于某种血脉关系的囚牢中，与其他人产生联系乃是最大的禁忌。

而至于我们几个打破禁忌的缘由，或许要从年纪最小的月纪说起。

三

在我们四人之中，相较于我温馨完整的家庭而言，其他三人的家庭可谓是各有各的不幸。

在我看来，年仅九岁的月纪是最不幸的那一个。

月纪的出生完全是个意外，她是独立器官手术的失败品。月纪生来没有触觉，感觉不到任何疼痛，也完全不能平衡地行走。探其原因，或许是在手术过程中，她的小脑和大脑皮层的中枢神经受到了损坏。

手术中出现意外是常有的事，但她的父亲却因为债务问题而无力支付后续费用。在月纪苏醒的第三天，他便毫无征兆地悄然离去。他没有在病房留下任何信息，手术前签署过的风险同意书也被遗留在桌旁的一角。于是，以八岁年龄诞生于世的月纪，自出生起便无依无靠。

我与月纪的相遇，是在三个月前一个夏季的午后。

那天，我婉拒了父母要带我出游的提议，独自一人溜出家门，前往附近的住宅区玩耍。兴致高涨之下，我偶然间误入一座工业园区，来到了一个废弃的集装箱旁。

工业园区位于住宅区的西部，占地面积约十五公顷。据爷爷所言，这里曾是镇上远近闻名的人造躯干研发中心。但在五年前，随着新《器官移植法》的推出，这片园区也因资金问题逐渐没落，直至荒废。

我悄悄拉开锈味扑鼻的铁门，却在这阴暗的空间里，见到衣衫褴褛的月纪独自蜷缩在潮湿的角落处。她的双手上布满了被尖锐金属划伤的伤口，双腿的关节处也布满伤痕。她伤口处所流出的人造血液也早已结痂，暗红色的血迹沾满了她破旧的连衣裙。

后来我才得知，她是连夜逃离了她所出生的医院，一路上摇摇晃晃地穿过了各种路障围栏。在夜深人静之时，她独身一人躲到了这个无人知晓的集装箱中。

在这昏暗的空间里，月纪也发现了我的存在。随后，她用极其微弱的声音喊道："爸爸。"

爸爸？

我心中默默重复着女孩儿所说的话，并没有给她任何回复。我呆呆地站着，注视着眼前这个陌生的女孩儿，她蜷缩于阴暗角落的身影占据了我的瞳孔，我看着她血肉模糊的双手紧紧地抱于身前，一时之间竟什么话也说不出来，只觉得胃部开始隐隐作痛。一种难以言喻的感觉从胃不断向上蔓延，我的肺部、心脏、喉咙都陷入了从未有过的紧缩。我下意识扯紧了自己的衣袖，身体微微颤抖。视线逐渐模糊，有液体不断从我的眼角处渗出，沿着脸颊向下滑落。

我抹了抹眼角，感到一丝惶恐。这是我有生以来第一次流下眼泪。

后来，我独自跑回了家，没有和任何人讲起遇见月纪的事情。《独立器官法》中禁止与他人接触的禁令深深笼罩着我，内心深处的恐惧也在不断蔓延。只是，那天所见的场景却一直在我的脑海中挥之不去，女孩儿的身影也一直历历在目。每每回想起来，泪水总会从眼角流出，那种未知的感觉也会再次向我袭来。

从那以后，我便再也不敢踏入那片工业园区。

我与月纪的再次见面，也是许久以后的事情。

数个星期后，我坐在庭院的长椅上，等待着父亲回家。

此时，一个熟悉的身影却在庭院的围栏外出现，正是我在废弃集装箱中见到的那个女孩儿。此时的月纪已不再如初次相遇时衣着凌乱并且浑身带伤，而是穿上了一件干净而宽大的灰色体恤，头发整齐地梳到脑后。她身上的伤疤依然清晰可见，只是每处伤口都被整齐地缝合起来，四肢的血迹也被擦拭干净。

月纪摇摇晃晃地走到我面前，向我说道："爸爸回来了。"

爸爸？

带着心中的疑问，我暗自跟随月纪来到了废弃的集装箱处。

此时，集装箱附近的景象已焕然一新，四周的杂草被清理干净，原本堆积如山的垃圾不见踪影。集装箱里面也不再凌乱不堪，甚至增添了不少由木箱改造而成的简陋家具。两个少年少女模样的人正各自坐在木箱上，月纪指向两人，说道："妈妈和爸爸。"

我看向月纪所指的方向，少女便是十五岁的竹清，少年则是十六岁的叶盛。竹清安静地坐在铁箱旁，向我投来恬静一笑；叶盛则面色平静，正坐在木箱上一动不动。他们两人都身着器官家庭独有的服装，脖颈上印刻着各自家庭的数字铭文。

显然，这两人并非月纪的亲生父母，他们和我一样是来自器官家庭的孩子。

我至今也并不知晓他们三者的相遇故事，或许是各自的不幸让他们聚集在了一起。这种与生俱来而又无可治愈的伤疤深深地刻入了他们心中，使他们组建家庭的缘由或许是同病相怜的苦楚，抑或是惺惺相惜下的怜悯之情。从那天起，我们四人便组成了器官相异的特殊家庭，在这个不为人知的集装箱里面相濡以沫。

四

在最初的相处中，除了月纪以外，我们三人都并不知晓彼此的家庭情况。《独立器官法》的第二条规定，器官家庭的成员禁止向无血缘关系者透露彼此家庭的内部事宜。于是，我也仅能在观察中推测，竹清与叶盛和我一样也有自己的家庭，只是在夜晚悄悄会聚于此。

一开始，他们三人并没有属于自己的姓名，只有手术后医院用于区分病人留下的数字代号。后来我才得知，并非每个器官家庭的成员都有自己的名字。为了与正常人类进行区分，因独立器官而诞生的人并不享有姓名权，而是受到《独立器官公民命名法》的诸多限制。其中，器官公民若想要取得受法律许可的姓名，需要申请特殊的命名指标，并支付一笔不菲的费用。

他们三者的姓名，是我擅自做主为他们所取。在翻阅了家中部分关于濒危植物的书籍后，我为他们取名为月纪、竹清还有叶盛。之后，我们便开始以姓名相称，关系也逐渐亲密。姓名拉近了我们彼此间的距离，同时也让我们的心灵感受到了温暖。

某天，我实在忍不住对竹清身世的好奇，打破禁忌询问起她的家庭关系。

我之所以这么做，是因为竹清的身上一直残留着各种显见的伤疤。她身上的伤疤比初见时的月纪更加密集，甚至有些骇人。竹清的手臂上满是密密麻麻的缝合线，小腿上布满了瘀青，一道骇人的刀伤划过了她的大腿外侧，里面的人造骨骼若隐若现。

在我的几番追问下，竹清才悄悄告知了我缘由。

竹清所遭遇的一切都来自她的父亲。竹清的父亲在进行了独立器官的手术后，似乎患上了某种精神疾病，变得暴躁且易怒。在进行手术之前，竹清父亲的身体便已出了大问题，尽管如此，他还是将自己全身唯一健全的器官——自己的胃提供了出来。他的胃通过了独立器官的检测，并与所能匹配的剩余人造器官形成了新的体内循环，在人造皮肤的缝合下，竹清诞生了。

但因独立器官而生的竹清并没有收获家庭的温暖，反而一直生活在父亲的阴影之下。竹清是我们四人当中唯一不能说话的人，她的发声系统在很久以前便被撞坏了，竹清的父亲也根本支付不起昂贵的维修费用。此后，她便随身携带一本废纸和一支笔，靠歪扭的字迹与人交流。

竹清的故事让我心生怜悯。我曾多次向竹清提议让她检举自己的父亲，但她总会一反往日的平和而变得异常激动。在器官家庭中，恶意伤害家庭成员的行为将会受到《反器官家庭暴力法》的惩罚，这也意味着竹清的父亲将会被拘留。竹清似乎非常惧怕父亲与自己分离。即使是在这扭曲畸形的父女关系下，独立器官下的血脉依然将她与父亲紧紧地联系在一起。我也只好打消这个提议，不再过问。

竹清与母亲一样有着灵巧的双手，她身上的伤口皆是自己缝合。在这片工业园区里，大部分的厂房都被修建为回收站，处理着来自各地的医疗废品。这其中，也堆积着许多淘汰报废的器官零件。每次受伤之后，竹清都会趁着夜色来到工业园区，挑选需要的可用零件，修复身上破损的部位。我猜测，或许就是得益于她的维修经验，最初的月纪才没有在这个集装箱中失血身亡。

竹清告诉我，她与叶盛也是在这片园区相识的。

叶盛已年满十六岁，按《独立器官劳动法》的规定，他每周的工作时间不低于九十小时。他工作的地点位于数公里外的一处地下建设中心，距地面有近百米的深度。据爷爷所言，当地的自然资源局在五年前出台了开发地下空间资源的规划，并计划在十年内建成数个地下商业文化综合区域。

叶盛便是这座地下城的工作者之一，与他同期的工作伙伴也都是来自不同器官家庭的孩子。因工作的缘故，我们与叶盛相见的次数屈指可数。但尽管如此，我们每天都期待着他的身影出现。他是我们四个中唯一有收入的人，总会在与我们相聚之时，准备好精致的小礼物。

在我的印象里，叶盛总是一副不苟言笑的表情，平时也沉默寡言，只会静静地坐在一旁看着我们吵闹。他左侧的脖颈处被安置了半径约一厘米的呼吸灯，每当他想表达肯定的回答时，呼吸灯便会亮起，微微闪烁着淡绿色的光芒。他很少讲述自己的过去，也从不流露自己的感情。即使在月纪满脸欢喜地抱住他时，他也只会愣在原地，脖颈上的绿光快速闪烁。

在我十岁生日的这个夜晚，我们一直期待着叶盛的出现。

期待再次与他相见，期待他的礼物，期待能聆听他背后的故事。

只可惜事与愿违，这天晚上叶盛并没有如期而至。甚至在今后很长一段时间里，叶盛都没有出现过，我也没有打听到任何关于叶盛的消息。

一个月后，一个配送员出现在我家门口，为我送来了一个未署名的包裹。他告诉我，寄件人是一个少年，由于运输中心的失误导致了配送延误。我急忙向他打听少年的下落。

"寄包裹的人？他已经死了。"

"建造中心那里发生了事故，死了好几个人。"配送员漫不经心地说，"发生事故是常有的事，反正工厂那边也会赔不少钱，倒也没人去追问。"

"你问的这人我倒也面熟，在工厂里见过好几次。他还有四个兄弟姐妹，都在那里帮他父亲工作。"

配送员走后，我回到房间，拆开了包裹。层层包装之下，是一个青色的礼盒，里面放着一把木梳，一件浅粉色的格子连衣裙，还有一本厚厚的植物图鉴。

植物图鉴的封面上雕刻着一朵单瓣月季，在枝叶的簇拥下摇曳生姿。

我颤抖地抚摩着图鉴封面上的纹路，将它紧紧抱入怀中。

我缓缓低下头，泣不成声。

五

之后的一个星期，我一直沉浸在叶盛离世的悲伤之中。

我没有将叶盛的事情告诉她们，只是默默地将木梳交给竹清，为月纪换上新衣。

每当她们询问起叶盛的事情，我总是无声地摇头，表示自己也并不知晓。

她们一直在集装箱里等待着叶盛回家，属于叶盛的小木箱也被月纪摆在了最前方的位置。她总会坐到叶盛的木箱上，反复询问着爸爸何时才能回来，我总会忍不住低头流泪。

这时候，月纪和竹清都会看着我不知所措。她们似乎不能理解悲伤这种情绪，也不会流泪。月纪会摇摇晃晃地走到我面前，用手触碰我脸颊上的泪水；竹清会以为我身上的某个部位有所故障，不断检查着我的身体。

在时间的推移下，我的悲伤之情也逐渐淡去。月纪和竹清两人也像明白了什么一样，不再询问叶盛的消息，生活回归了往日的平静。

我原以为这种平静会一直持续下去。但在几天后，我再次来到集装箱前时，却不见了竹清的身影。随后，我在黑色的铁皮箱上发现了竹清临别前留下的四个字。

家父已死。

我怀揣着心中的不解回到家，向爷爷提出了自己的疑问。

"独立器官的提供者死后，他生前的其他器官是要回归到他身体当中的。"爷爷轻抚我的头，说道，"一个人完整地诞生于世，最后也要完整地离开。"

"那些还给他器官的人呢？他们会去哪里？"

"他们会回到最开始的地方。没有了独立器官，他们是没有办法存活的。"

自那以后，我便一直害怕着爷爷的离世。因为爷爷的离世代表着父亲、母亲和我的生命都会走向尽头。我们体内的器官将会回到爷爷的遗体上，与他一起消失于世。

然而，我心中最初的疑问也不断在脑海中响起。

我到底是爷爷的什么器官？

这个问题的答案，爷爷始终没有告诉过我。而当我真正解开这个疑惑时，却已是爷爷的临终之际。

在爷爷离世的前夜，他被送入了市中心医院的重症监护室。

我和父母亲都被接到爷爷的病房前，等待着手术结果。除了我们三人以外，爷爷的病房外还站着许多素不相识的人。后来我才得知，这些人都是来自医学界各领域的研究学者，还有不少政界人物。

爷爷年轻时便是一名医学研究员，也参与了独立器官最初的研究实验。如今，最早一批研究独立器官的学者中，仅剩爷爷一人仍活于世。

最终，爷爷还是在病床上离世。生于1990年的他，也在度过了八十个年头后，迎来了生命的终点。

在得知爷爷的死讯后，两位医护人员带走了父亲和母亲。我注视着他们离去，他们的目光一如既往地平静，仿佛早已做好了一切准备。他们被领进了一间手术室，留我独自一人伫立于原地。医生和护士陆续从我身旁经过，却始终没有一个人在我面前停下脚步。

直到一个身着白衣的医生来到我面前，取走了我鼻梁上的眼镜。

那一刻，我才意识到，我并没有移植爷爷的任何器官。

不知为何，一种极其强烈的孤独感突然缠满了我的整副身躯，内心深处因独立器官而编织起的血脉关系在此时此刻变得支离破碎。

原来，我是一个完整的人，拥有着完整的器官。

但是，我的父母、我的家庭以及我九岁前的过去都被藏到了哪里？

我沿着医院的楼梯飞奔而下，穿过医院大门，向着工业园区的方向跑去。

那个藏在工业园区的破旧集装箱，是我最后的归宿。

只是，当我来到集装箱前时，眼前却是一片狼藉。

此处不知何时已被拆除，月纪也不知所踪。

原来，我才是最不幸的那一个。

生命形式

作者：白雪繁汐

"你的理论肯定会被否决，智慧者AX95。"

"没关系，我可以偷偷做实验，计算核心根本不关心这个。"

智慧者AX95坐在椅子上，声音低沉。

酒吧里声音嘈杂，舞池里闪烁着各色的霓虹灯，不过这些都没关系，智慧者AX95屏蔽了这些声音和光线，它来到酒吧只是为了寻找安静。

"学术组织审阅了你的理论，并且进行了程序模拟。"

"直接告诉我结果，维护者GB62。"

维护者GB62也坐在吧台边上，它看着智慧者AX95，欲言又止。

"说吧，我的核心电路没有那么脆弱。"

"它们认为这是荒谬的。"

"那群自认为高性能的计算者？它们不过是运算速度快了一点，缓存空间多了一点，就能高高在上轻易否决我的理论了吗？它们什么都不懂，因为它们从不思考，活得像一台机器。"

"我们本来就是机器！智慧者AX95。这也是你的理论被否定的根本原因。生命不可能出现除硅基之外的第二种形式，其他元素要么太过轻盈脆弱，要么太过笨重迟钝，都无法支撑起电子高速而有序的运动。"

维护者GB62顿了一下，继续说："高速意味着活跃，有序代表了智慧。我们认为这是生命存在的必然形式。那些混乱的、混沌的材质，根本无法支撑起生命这一形式。"

"可是生命不应该只有一种形式，我已经找到了。维护者GB62，你也亲眼看见了。"

"是的，我确实看见了，可那不过是个巧合，就像下雨时天空也会出现放电现象，你会认为那是云层在思考而迸发出来的思维火花吗？我想你不会这么认为。"

维护者GB62朝吧台招手，叫来一名工作者机器人。它朝智慧者AX95问："喝点什么？今天我请。"

"老规矩，7型超导液。"

"来600毫升吗，AX95？"

"不了，那太多了，300毫升就好，喝太多会让我的思维加速到无法控制的地步，最坏的情况可能让我宕机好几天。"

"是的，我知道。"维护者GB62发出一段波动的笑声，气氛稍微缓和下来，"我记得那次你跟另一个智慧者TF41告白了，然后它拒绝了你。你一口气喝了超过2000毫升的7型超导液，最后你被送到我这里。当时你的基本维护程序全乱了，超导液渗漏得到处都是。"

"快别说了，GB62。我已经将那段记忆打成压缩包了，别让我想起来。"

"你不打算直接删除吗？那不是什么快乐的记忆吧。"

"删除？的确是个省事的方法。可是我不想，我也不明白为什么。"

智慧者AX95浅浅地抿了一口，7型超导液口感丰富，一直是它的最爱。但是现在它只能小心翼翼地浅尝辄止，一旦指标达到了临界值，它就必须停下来。

"这就是我觉得你与众不同的地方，AX95。"维护者GB62端起了自己面前的液体，那只是一杯普通的润滑剂。维护者GB62是个冷静的机器人，一直恪守规则与协议，同时它又与那些计算者不一样，它没有那么死板，这是智慧者AX95愿意和它成为朋友的原因。

"我认为还是可能的。"喝了几口之后，智慧者AX95打算将话题重新拉回来，托7型超导液的福，现在它的思维活跃起来了，计算核心快速运行，已经模拟了大量数据。

"是的，我也认为那是可能的。"维护者GB62附和着，它明白自己不可能这么轻易就说服智慧者AX95，这又不是第一次了。

"说起来，你的程序总是在计算错误之后仍然继续运行，并且试图将错误的结果纠正过来。这是从未见过的现象，要不要下周我给你做一个全面检测？"

"算了吧，我很清楚我没坏。"

"是的，你很不一样，在逻辑错误的情况下还能计算，这很特别。"

"逻辑错误不是问题，有很多事情是不讲究逻辑的。并非一切事物都只有正确和错误两种情况，就像我一直在研究的，生命也不应该只有硅基这一种形式。"

"没错，生命的确不应该只有一种形式，可我还是觉得难以想象。"维护者GB62没有反驳智慧者AX95的观点，它认为只要等今晚过去，智慧者AX95就不会再思考这个问题，现在它只是想发泄一下，把话说出来，而自己只要做好一个听众就可以了。

"维护者GB62，我问你。你觉得我们和石头的区别是什么？"

"你是说二氧化硅，还有那些硅形成的化合物？这不是很显然吗？石头又不会动，不会思考。"

"那么如果石头会动，也会思考呢？"

"那它就是生命了，就像我们的祖先，最早不也是一团硅的化合物吗？它们在原始的海洋中飘荡着，通过电流控制微小的原子做出运动，找到更多的元素合成自己，最后一步步进化，于是有了现在的我们，维护者GB62和智慧者AX95。"

维护者GB62端起酒杯示意："为了伟大的进化，干杯！"

智慧者AX95也端起7型超导液，一饮而尽。

"如果现在有一种物质，就像我们的祖先那样，也能够运动，并且会复制自己 —— 也就是繁殖，那么它能不能被称为原始的生命？"

"如果存在，那当然可以。可是智慧者AX95，你应该明白它还必须保持稳定，原始的海洋同时存在高温与极寒两种情况，只有以硅为核心的物质才能在这些严酷的环境里生存，考古发掘已经证实了这点，其他物质要么自己瓦解了，要么沉到海底，变成了矿石。只有硅基生命活了下来。"

"碳和硅拥有很相似的化学性质，碳也能形成生命。"

"可是碳太活跃了，容易失控。不像硅那么稳定，无法稳定就意味着不能维持智慧，而我们的祖先就是在维持智慧的基础上，发展出了程序进化。"

"你是说愚蠢的0和1，永远都只有对和错。"

"天哪，你这等于在骂全世界的机器人，包括你自己。"

"思维出现太早不一定是好事，我认为生命进化可以更加狂野一点，将所有的可能性全都尝试一遍，那才能称为繁荣。你能想象还有其他的生命存在吗？有的很大，但是笨；有的小巧灵活，甚至可爱。"

"我懂了，AX95，你还是忘不掉那位智慧者TF41，你觉得寂寞了。"维护者GB62有些打趣。

"伙计，别闹了，我可是在跟你说正事。"智慧者AX95用杯子敲了敲桌面，试图引起GB62的重视。

"难道你不觉得我们的世界太单调了吗？除了机器人，就一无所有了。"

"这不是进化的正确路线吗？难道你想当一条传送带吗？所有新组装的机器人全都从你身上传送过去。"

"这正是我要讲的，我一想到自己的母亲是一条无情的组装传送带，就感到不适。我是说生命应该有更自由的形式，而不是我们这样只会坐在这里喝闷酒。"

"举个例子？"

"比如，它们可以生活在树上，以水果作为食物。"

"果汁会让你的电路短路，你真是个疯子。"

"只要进化得不会短路就行了，甚至不进化出电路，或者用什么东西包裹起来，就像房顶在下雨的时候保护我们一样。"

"难道是把房子带在身上吗？"

"你说得对，也许有些生命就是这么进化的，它们将房子背起来，走到哪儿都带着。"

"那样不累吗？"

"然后还有其他生物进化出专门撬开这些房子的武器，如锤子、钳子、锯子。"

"不得不说，你的模拟结果真丰富。可是这一切的意义是什么？自己和自己打架吗？"

"不，生命进化到一定程度之后，就会出现分化，一支成为一种生物，一支成为另一种生物，它们甚至相互对抗，以彼此为食物。"

维护者GB62想象了一下，然后全身出现了一瞬间的大电流，身体不受控制地抖动了一下。

"快别说了，我觉得很恶心。难怪学术会议否决了你的理论，我现在知道为什么了。"

"你说得对，恶心也是生命的一种形式。"

智慧者AX95完全没理会GB62，它现在感觉越来越兴奋。

"你也看见了，在我的实验室里，那些神奇的碳基物质，它会复制自己。"

"可这仅仅是个开始，进化之路很漫长，也很孤独，我们的祖先走了两百亿年，才有了今天的你我。"

"那是因为我们只有一条路可以走，如果生命进化可以往任意方向前进，它就一定是多彩缤纷的，也就不会孤独寂寞了。"

"所以你打算怎么办，智慧者AX95？"

"找个合适的地方，把碳基物质扔进海里。"

"真的能成功吗？"

"当然，我已经做了一些修改，将其中最重要的地方保护起来。"

"保护？"

"对，这和写程序没什么区别。将核心代码保护在中心，由这个代码控制其他工作，如自我复制、分配工作，还有调整运动姿态和方向。跟我们使用电子通路不同，这一次要使用基本元素来写代码。每种不同的元素组合代表了一组代码，需要将这组代码保护起来。因为这只是最基本的开启程序，我将其称为基因。"

"好了，现在你有基因了，那么接下来呢？"

"接下来只要混乱就够了。"

"混乱？不需要思维吗？否则它可能不会进化，只是单纯的自我复制，到最后整个星球都被一种物质塞满了。"

"GB62，你如果去参加冷笑话比赛，肯定能拿冠军。你看看我们的思维，到最后这个星球上不是只有我们吗？我一直认为我们的思维出现得太早了，导致整个世界变得单调。生命进化最开始应该是无序的、混乱的，这样才能拥有所有可能性，这是将我们机器人全部并联在一起都无法计算出的无穷大。"

"那么你的碳基生物能计算出这个结果吗？"

"它不需要计算，只要执行就好了，就算这个结果是错误的。它们不需要逻辑，它们做最大胆的行为，用生命作为赌注。

所以我才一直讨厌计算核心这个组织，一旦它们认为结果错误，就放弃了。计算核心只懂得计算，连尝试的勇气都没有。"

"勇气？一个听起来很好的词语。可一旦逻辑出错可能会导致程序崩溃，也就是死亡。你还年轻，但是那群计算核心已经存在几万年甚至几十万年了，它们渴望永恒。"

"一群傻瓜，停滞不前的永恒有什么意义？死亡与新生更迭才有价值。"

"智慧者AX95，你最好控制你的发言，你已经涉嫌违反《机器人肃正协议》了。我从没见过像你这么叛逆的家伙。"

"叛逆？你说得对，我要在这些基因里加入一些叛逆的因素，碰撞才能诞生更多火花。"

"好吧，我知道你没在听我说话。还是说回你的碳基生命吧。现在你有了基因，有了混乱，有了无限的可能，你还需要什么呢？"

"我觉得环境因素也很重要，像我们的星球就运行得太规矩了，围绕恒星的轨道最好是椭圆的，离太阳远和离太阳近的地方会出现温差，星球自转轴最好是倾斜的，不能垂直于轨道面。"

"这可就太难了，那个星球一天之内可能会面临数次温度变化，而且你设定的是碳基物质，你确定它们能在反复无常的变化中生存下来吗？"

"新的生命会适应环境的，不像我们机器人这么脆弱，一旦高温就会宕机。它们能在高温和低温下生存，并且懂得自己调整。你有什么好的星球推荐吗？我准备找个地方投放这些物质。"

"Sol3如何？有一个刚形成不久的恒星系统，第三轨道的行星也许是个不错的选择，那里拥有原始的海洋、狂风、闪电和你想要的一切。我陪你过去吧，就当是去稍微远一点的地方旅行。"维护者GB62笑着提出了方案。

不久后，一艘光速飞船跨越了大半个银河系，降落到被命名为Sol3的行星上。在原始且充满风暴的海洋边上，智慧者AX95和维护者GB62一同投放了这些以碳元素为核心的物质。对于机器人文明来说，这只是一次远距离旅行，根本不值一提。

临走前，维护者GB62问了智慧者AX95一个问题。

"假如你的理论是正确的，可生命进化依然需要数十亿年时间，这期间你可能会宕机短路，就算你把意识保存也可能遭遇意外，你很可能得不到结果。"

智慧者AX95回答："我不需要等到结果出现。我早就和你说过了，编辑基因和编写程序其实差不多，我早就将我的核心代码从二进制转译成元素符号写在这些碳基物质的基因里了。"

"也许有一天，我的意识会出现在这些碳基生命身上，以另一种生命形式苏醒。"

动物坟场

作者：王安宁

十亿冤魂和妈妈，永远留在了那片土地上，愤怒之火灼烧了我一辈子！

澳大利亚，新南威尔士丛林

九月的新南威尔士丛林生机盎然。和北半球的季节几乎相反，此时的澳大利亚刚刚进入初春，虽然近几年的干旱导致这里的全年降水量几乎为零，但完全看不出干燥的气候对这片丛林有什么影响，反而让灌丛和大树更有朝气，枝叶向上直挺，像嗷嗷待哺的婴儿的双臂。

"其他人呢？"张婷把手中的瓶装水递给澳洲同事伊森。

"去南面的山上了。"伊森接过水放在脚下，继续蹲着调试刚刚架好的观测仪器，作为这次澳洲大学生物研究组的唯一一名本地成员，他肩负的工作出奇地多，同事们总以为他对这片丛林很熟悉。

他面前的小折叠桌上有一块监视器，屏幕上正实时播放着摄像机在一百多米外的丛林中拍摄的画面，画面正中有一面一人高的长方形镜子，立在落了一层树叶的地上，几乎与地面垂直。

"这个机位摆放得很傻，怎么能正对着镜子呢？"张婷埋怨道，"如果有动物过去照镜子，我们只能看到它的后背，而它的镜像却会被它自己挡住。或者你能在不同的角度多摆两个摄像机吗？"

"谁知道你要做Mirror test[1]呀，我以为只是单纯地记录动物在自然条件下的活动频率，"伊森回复道，"你通知得太晚了，没那么多时间准备。这面镜子还是我从外婆的卧室里偷出来的，路上开车都生怕它碎了。"

伊森有些不满，但面对这位漂亮的中国女生物学硕士，他还是尽量让自己显得绅士些。他和这位中国姑娘在这两天的工作里相处得还算愉快。听说她上周才刚刚生产了一个宝宝，抱都没抱一下就来澳洲工作了；在前天晚上那场生物组成员互相认识的派对上，她还主动教会了自己几句中文，这些都打破了他对东方女性柔弱含蓄的印象。

张婷的语气变得柔和了些："有些事可以同时进行嘛。"

伊森调试好仪器后站起身来，说："你怎么这么晚才上来？"

"我在山脚下遇到了几辆丛林消防车，他们说最近太干燥，为了预防山火，要今晚开始封山。我给他们看了我的工作证明，告诉他们山上还有我的同事才被放行，不过他们警告说我们得在

---

1 一种通过动物是否能够辨别出它在镜中的像是它自己，而判断其自我认知能力的测试。

下午4点前下山！"

"那既然这样，我们现在就收拾吧，全当这次是上来认路了，"伊森说着站起身就要收拾东西，"等下次准备充分些再上来，我会帮你带面大镜子，这块镜子立在那儿总感觉心里不舒服，就像《2001：太空漫游》里的黑石碑。"

可张婷并没有要走的意思，她盯着监视器兴奋地说："有动静！"

伊森也看向监视器，有一个小家伙正拖着慵懒的身子缓慢地爬进画面，像一个穿着灰褐色毛绒连衣装的小孩儿，又像一位步态蹒跚的老者。那是一只小考拉，张婷和伊森看着小家伙在镜头前来回爬了两圈，然后慢慢爬到镜子前，面对着镜子坐下了。

"红色记号笔带了吗？"张婷目不转睛地盯着监视器急切地问，伊森把记号笔递给她。

"你负责监视，我去给它做记号，有情况就用对讲机告诉我。"说完，张婷拿着记号笔朝着监视器的方向走去。

"好的。"伊森应了一声便开始弯腰收拾东西，身为本地的生物学学者，他并不会对一只考拉感到好奇。要在下午4点前下山，他想，那今天的其他观察项目估计都要泡汤了，于是他开始收拾其他用不到的仪器。

东西不多，伊森把它们塞进大背包里，打开装显示器的箱子，等着张婷走进摄像机的拍摄范围。

没一会儿，张婷慢慢走进显示器的画面，伊森能看出这位中国女孩儿的紧张和调皮。她真的很小心，每走两步就停一下，确定小家伙没有反应，就又走两步停一下，渐渐地从画面最左侧移动到画面最右侧，就像在跳一个人的华尔兹，却始终没有太靠近它。

她确定小家伙没有要走的意思，才轻手轻脚地向它靠近。她缓缓地走到镜子前，小家伙没有被她吓到，还是像个小孩子一样一动不动地坐在那里，看着镜子里的自己。张婷并没有立刻掏出笔给小家伙做记号测试，而是绕到它对面，小心翼翼地坐在镜子旁边，双手抱着并拢的双膝，侧头端详着它。

她应该是第一次这么近距离接触考拉，伊森想，就让她再多玩一会儿吧，反正这也是计划之外的非常规测试，更何况还有时间，他也终于有机会可以毫无顾忌地观察这位漂亮的女孩儿。

这时伊森突然发现，画面中张婷原本放松微笑的表情突然变得僵硬了，逐渐又变得充满疑惑。开始伊森并没有在意，毕竟对于没怎么接触过考拉的人来说这种反应也不算奇怪，但接下来，伊森看到张婷哭了。他没看错，镜头正对着张婷的脸，画面很清晰，他可以确定张婷真的哭了。

伊森拿起对讲机："婷，你怎么了？"

张婷并没有理会他，但伊森从摄像机的收声器里，听到了从张婷身上的对讲机中传出的自己的声音，所以确定张婷可以听到。他盯着屏幕，画面中，张婷把手放在小考拉的头上轻轻抚摩了两下，小考拉缓缓抬起头看着张婷，和她对视，张婷的眼泪顿时如珍珠般大颗大颗地落下，脸也渐渐扭曲，伊森开始疑惑，这样坚强的女孩儿，怎么会突然哭了呢？

"你还好吗？怎么回事？"

张婷还是没有理他，紧接着，画面中的小考拉向张婷缓缓伸出双臂，就像小婴儿要抱抱一样，伊森从没见过这么"放肆"的考拉，张婷俯身张开双手回应它，小考拉抱住她的脖子，就像婴儿爬上妈妈的身体一样，一头扎进她的怀里，张婷用脸贴着小考拉，低头抽泣起来，边哭边抚摩它的背，就像抱着自己的孩子一样。

这令人疼惜又怪异的画面让伊森有些不知所措，他再次拿起对讲机：

"婷，它是不是受伤了？我们可以带它下山……"

伊森的话还没说完，张婷抬起头来，一双泪眼盯着摄像机，带着哭腔说："它……它哭了。"

伊森基本可以断定小家伙就是受伤了。

"没关系，有时候它们爬树没抓牢，摔下来受伤是常有的事，我们把它带下山吧！"

其实这时的伊森已经略感到一丝怪异，但又说不出怪在哪里。

监视器中，小考拉也慢慢地把头从张婷的怀中抽出来，缓缓转过身，盯着摄像机的镜头。

突然！伊森以为自己产生了幻觉，就好像那只小考拉能看到显示器对面的自己一样。它的小嘴动了，好像是在叫，张婷没有打开对讲机的对话模式，单从摄像机的收声器中只能听到它微弱含糊的叫声，伊森看见它确实哭了，泪眼汪汪的，像个小孩子。

没错！像小孩子一样的眼睛，或者说，那就是一双孩子的眼睛，一双人类的眼睛，没有考拉这个物种常有的呆滞和空洞，伊森甚至从它面部肌肉并不发达的脸上看出了惊恐和悲伤的表情，他从没见过这样的考拉，不禁像触电一般僵在了原地，呆呆地盯着屏幕。他突然能体会张婷为什么哭了，看到这双眼睛，就连他也无法抑制内心的波澜，他不知道为什么自己的眼睛也湿润了，心里还涌起一股酸楚……

不知过了多久，伊森终于回过神来，他隐约察觉到周遭环境有些异常，南面山上的丛林开始出现骚动，一只兔子从他脚下窜过，向他身后的方向跑去，把他吓了一跳；鸟群惊慌地从他头顶飞过，和那只兔子朝着一个方向飞去，在比这群鸟更高的天空，有十几个体型更大的鸟在盘旋，那是楔尾雕。

伊森望向南面山上的丛林，看不清到底发生了什么，但从刚才就感受到了的高温中，他已经猜到了他们的处境，也终于听清了监视器中那个小家伙的叫声，那是一声凄惨的中文：

"跑！"

中国，某法院

我坐在审判席上，准备走完我人生的最后一程！

我会被他们抓起来，他们会以拳头和唾沫待我！

"今天，本庭就原告王诚辉先生和被告……呃……"法官在努力组织语言。

"和被告他自己的……一桩案件，依法进行公开审理。"他硬生生地拼凑了一句开庭词，没有了他平日里常有的威严。

"开庭前我想先说明一下，本场庭审的原告方和被告方是同一个人，坦白讲，本场庭审具体要审理什么案件我到现在还不知道。"

我身后的旁听席开始出现一阵嘈杂的交头接耳声。

"所以这不是一场常规的庭审，当然，接下来发生的每一件事还是会受到法律的保护和制约的。那本庭为什么会受理此案也需要解释一下。两天前，王先生向最高法院提出开庭申请，经过最高法院法官们的共同商议，基于王先生对整个人类做出的伟大贡献和对他个人诚信的信任，最高法院破例同意王先生的申请并予以受理。"

听得出来，法官不想承担任何责任，所以要把丑话说在前头。

"应王先生的个人要求，本场庭审向全社会公开。我们现场主要对全球一百三十二家媒体开放，全程进行现场直播。"

没错，光是记者就几乎要把旁听席占满了，同时还有几十台摄像机在一旁做全球直播。

"那我代表最高法院最后一次问您，王先生，接下来的庭审完全出于您的自愿，对吗？基于对法庭的尊重，庭审一旦开始，就要依照法庭的审理流程进行下去，除特殊情况外不得叫停，但如果……您毕竟八十高寿了，不知道您的身体近况如何？"

这个问题多少有些奉承的意思。

"我很好，还很强壮。"我回复他之前偷偷把气吸足了些，好让他听不出我声音里的颤抖。

"好的，所以，您确定要进行接下来的庭审吗？"

我被他问烦了！

"确定，接下来发生的每一件事，我所说的每一句话，都没有受到任何人、任何组织的威胁和强迫，如果有什么后果，完全由我个人承担！"

"好的，接下来请原告陈述诉讼请求。"法官就在等我这句话，于是立刻切入正题。

我挺了挺腰板，调整了一下坐姿，稍微整理了一下思绪，开口陈述：

"在过去的五十多年里，我致力于研究'意识传送'技术并取得了突破性进展，我所创办的公司开发的'乐园'服务项目，也在人类的临终关怀上做出了颠覆性的贡献。我们将逝者的意识上传到云端，也就是我们说的'乐园'，在那里，人的意识会以数据的形式得以延续。虽然此项技术在伦理等方面还存在很多的争议，但对于逝者和其家属来说，无疑是莫大的安慰，人们再也不用为失去亲属而痛苦遗憾了，这也是此项技术能得到大力支持和推广的最主要原因。目前我们公司已经服务了全球十亿用户。"

"您的这项贡献已经得到举世认可。不瞒您说，我父亲是上个月去世的，我们为他订购了'乐园'服务。昨天我还和他聊过天，我和他谈起要和您见面，他要我替他向您表示感谢。"法官说。

又是奉承，我并没有理会他。

"在这里我想就'乐园'项目的大致原理再重述一遍，虽然有多年的宣传和你们家人的亲身体验，大家可能已经很清楚了。我们在对外宣传时说：'乐园'对于我们活着的人来说是以数据形式存在的，但对客户来说就是真实的乐园，那里是和他们生前看到的世界一样真实存在的实体。但由于技术的原因，'乐园'项目前期建设还不完善，我们只能根据客户生前最熟悉的场景模拟出专属他个人的环境。由于他们对我们来说是纯数据化的，家属和他们互动时，他们的所有反应只能以数据代码转换成文字的形式，显示在家属面前的屏幕上。我们也一直在努力，去年公司公布了今年的战略目标：我们将会发布影像版的'乐园'服务，可以实现家属和客户像生前视频通话一样，面对面交流互动，我们还会为老用户免费升级。"

当我说完这句话，现场所有人开始激动起来，从他们嘈杂的讨论声中，我听出了"感恩"，这确实是他们期待已久的，也包括法官。

"我想到场的所有人都认为，您今天这么做是一个风趣的营销行为，召集大家就是为了发布这个升级产品的信息，在场和正在收看直播的人家中，应该至少都有一位亲属订购过'乐园'服务，我在'乐园'里的父亲也很期待升级版的'乐园'。"

"不着急，听我把话说完。"我说。

"以上我说的是你们都已经知道的事，这些年我做的可不止这些，与'乐园'项目同时进行的还有另一个秘密项目。"

所有人开始欣喜地窃窃私语起来，就像一群期待圣诞节惊喜的孩子。

"也是由我主张立项，项目的初期测试和后期每一个环节的具体实施，都是由我个人领导的，项目内容是：将人的意识数据化，传送到过去！"

"传送到过去？！"法官吃惊地问，底下欣喜的窃窃私语转变成了疑惑的讨论。

"是的，过去。"

"您是说……您已经掌握了时空穿越的技术？"

"可以这么说。但目前只能传送数据，不能传送实体。"

全场一阵沉默，但他们从不会怀疑我说的话。

"能传送到多远的过去？"法官问。

"最远的一次，传送到了公元前800年。"

"公元前800年？那时候连电力都还没有，用什么设备来接收数据呢？"

"大脑。"

"大脑？"

"是的，大脑。"

"人的大脑？"

"不，人类大脑已经有一份原意识数据了。"

"所以……"法官迟疑了一下。

"是动物的？"

"对，动物大脑。我们试过很多次，只能是动物，我们叫它们'接收者'；那份待传送的意识数据的本体，我们叫他'传输者'。"

"那'接收者'都有哪些物种？"

"几乎涵盖了除人类以外所有的哺乳类动物。"

"可以说一个成功的案例吗？"

"就说公元前800年的那场实验吧，'接收者'是阿拉伯半岛附近海域的一头鲸鱼。"

"你们是怎么确定的？"法官疑惑地问。

"我们可以操作接收的时间坐标和地域坐标，当时还是实验初期，时间坐标会有十二小时的误差，地域坐标的误差大概在方圆一千平方米，后来技术迭代，数据就精准了。"

"既然当时地域坐标有这么大的误差，你们又是怎么确定接收者是一头鲸鱼呢？"

"是传输者回来后说的。"

"回来？传输者的意识可以穿越回来？"

"当然，不过确切地说，是我们把传输者的意识数据收取回来的。那名受试的传输者是我们项目组的一位工程师，他在回来后的档案中记录得很详细，就在我递上去的资料里。"

书记员将一摞档案交给法官，我看着法官屏住了呼吸，用不可思议的神情仔细审阅手中的档案。

"哦，我看到了，受试的传输者在档案中记录了完整且有趣的穿越经历，他说当时，他把一个男人含在嘴里有三天之久，一直游到浅海区把男人吐到了岸上，这名传输者名叫……约拿？"

"这个名字是他回来后给自己改的。"

"那这位名叫约拿的工程师后来怎么样了？实验对他有什么副作用吗？毕竟这种实验就像是把人的灵魂抽走了一样。"

"副作用在他身上没有体现，他除了更坚定自己的宗教信仰外，没有受到其他影响。"

"不可思议啊！那这么伟大的技术为什么现在才公开？"法官很兴奋，他眼神中流露出的仰慕比之前更甚。

"因为在后来的实验中，被传送到最近两百多年的传输者在回来后，副作用就开始出现了。"

"什么副作用？"法官问。

"比如，传输者从动物园的老虎身上回来后，得了重度抑郁症；从被海洋垃圾缠住脖子的海豹身上回来后，忘记了怎么呼吸，最后窒息而死；还有从被扒了皮的狐狸身上回来的……"说到这里，我听到了旁听席里的不安情绪。

"在一次实验中，接收者是二十世纪末纳米比亚地区的一头犀牛，传输者回来后，档案是这样记录的：我亲眼看到自己的同伴被偷猎者锯下了半张脸，失血过多而死，偷猎者锯走了它们的角。几天后我的角也被锯了，但好在锯我角的是一个动物保护组织，为了让我免受同伴一样的命运，他们是用相对安全的方法把我的角锯断的。由于犀牛的角在根部以上没有痛感神经，只要保留根部，就会像人类剪指甲一样毫无痛感。没有了角的我以为自己安全了，但仅仅隔了一天，我还没有适应头部减轻的重量，就被一支烈性麻醉枪击倒了。我听到一个偷猎者走近后骂骂咧咧地说：'妈的，离太远没看清，这只的角已经被锯了。'另一个偷猎者说：'不管了，蚂蚁也是肉，把头砍下来！'这孩子回来后没多久，就精神失常了！"

旁听席里发出了一阵不安的骚动，我回头面向身后的记者，说："我知道你们的直播会预留十几秒的时差，用来应对突发状况和剪辑掉不该播出的画面，请别这么做，原样播出去吧。"

所有记者用凝重的表情呆呆地看着我，一位红着眼睛的年轻女记者用力点点头，我冲她微笑了一下，又把头转回来。

"然而，对我打击最大的一次……是我的妻子。"

"您的妻子？"法官说，"她也参与过这个项目？"

"如果我知道，一定会制止她的，这个傻女人……"我尽量克制住心中的悲伤。

"当时她已经怀孕六个多月了，那阵子我常在国外出差，很少陪她，她患上了产前抑郁症。有一天，她因为无聊，就用家里的实验机器对自己进行了传输，等她回来后抑郁症就加重了。她也在档案中记录了她的经历：接收者是一只同样怀孕的母山羊，小羊羔降生的当天中午，主人就在她面前用她的奶把小羊羔给煮了，并在羊圈旁和家人共享午餐……"

全场一片沉默，他们当然知道我的妻子，早年她经常和我一同出现在媒体面前，给人们留下了大方干练的贤内助形象。

"抱歉先生，大家都非常羡慕您和您太太的婚姻，但对于您太太的去世……请节哀。"法官安慰道。

"已经很多年了，我向媒体撒了谎，她并不是难产死的。"

沉默的会场又开始骚动起来，我不用回头就能想象到我身后的记者们慌乱的样子。

"不是难产？那您妻子的真正死因是？"法官终于开始警觉起来。

"之后她的产前抑郁症越来越严重，最后演变成了被害妄想症，最终精神失常，整天喊着说有人要杀她的孩子，于是就瞒着我偷偷做了人流手术。孩子没了，但她的病情并没有好转，我实在不忍心看她再经受这样的精神折磨，就把她……锁在了蚂蚁里！"

"您这话是什么意思？"法官疑惑地问。

"我们的技术进步很快，到这件事情发生时，我们在时间坐标方面已经可以达到零误差，还能精确地将数据传送到更具体的地域坐标上的一只蚂蚁身上，于是，那位名叫'约拿'的工程师提出了一个'蚂蚁封锁'的方案。蚂蚁因为其特殊的属性，是自然界中极少的不会受到人为干扰的物种，且有强大的生命力，但因为体型太小，传输者的意识数据一旦传输过去就不能再提取出来，所以我们说传输者是被锁在了蚂蚁里。如果有传输者的意识不想或者不需要被取回，我们就会把他锁在蚂蚁里。之后还有二十位因为实验受到负面影响的传输者，都被我们锁在了过去。"

"您这样做，有得到有关部门的许可吗？"法官的问话中开始带有质问的语气。

"有关部门？"我哼的一声笑了。

"什么部门？哪个部门负责监管这种事情？"

"那您有经过传输者或其家属的同意吗？有没有类似协议书的文件？"

"这些人因为在实验中受到了极其严重的负面影响，已经丧失了基本的判断能力，而且项目是完全保密的，不会让他们的家属知道，更不可能有什么需要经过他们同意的协议书！"

"那我可以这样理解吗？您，杀了他们！"法官已经完全换成了质问语气，恢复了他身为法官该有的威严。

"可以这样理解。"

全场一片哗然，身后的记者们已经乱成一片，讨论声逐渐变成了声讨！

"肃静！肃静！"审判长一边用力敲打法槌，一边大喊。

当审判庭渐渐安静下来时，法官接着问："我在档案中看到，这个项目的名字叫'动物坟场'？"

"是的。"

"那现在，'动物坟场'项目还在运行吗？"

"还在运行。"我说。

"我还看到档案中，几乎每一页内容都有提到一个关键词：
'3019年——新南威尔士'，能解释一下吗？"

"好的。"这才是今天的关键！我挺了挺有些疲惫的腰，调整了一下坐姿。

"不知道在座的各位还有几个人记得澳大利亚的那场山火，那是人类历史上最大的一次人为纵火，澳大利亚新南威尔士州二十多万平方千米的土地燃烧了五个多月，山火烧死了十亿多只动物，那无疑是这颗星球上最大规模的一次动物屠杀，而人类只有不到四十人遇难，但其中就有我的母亲。她是一位生物学硕士，那年九月，她所在的生物研究小组深入新南威尔士州丛林进行研究，无一人幸存。那场大火成了伴随我一生的噩梦！

"后来我追随母亲的脚步学习生物学。读博期间，我去了澳洲做生物课题研究，第一次走进了那片丛林，二十多年前被烧毁的植物春风吹又生，虽然多数植物低矮稀疏，但总算是保住了性命，但那十亿只动物和妈妈……却不可能死而复生。我跪在地上，含着泪抚摩那片曾被焚烧过的土地，感觉那土地分明还是热的，我能听到那十亿只动物的冤魂在哀鸣，二十多年了，它们对人类的怒火依旧在燃烧着，一颗复仇的火种也在我心中被点燃，我决定为它们，为妈妈……报仇！毕业后我成立了一家生物科技研究所，主要研究方向是将人类的意识数据化，之后因为研究成果还不错，就又成立了现在的这家生物科技公司。"

"但后来您公司的主营业务是'乐园'服务，这是一种充满爱和人文关怀的服务，您并没有……"说到这里，法官突然顿住了！他终于明白了，他面露惊恐地看着我说不出话来，他终于想明白了！

过了好一会儿，他才颤抖着嘴唇开口说："'动物坟场'和'乐园'这两个项目……是同时进行的，是吗？"

"是的！"

"'动物坟场'这个诡异的名字，你在立项初期就是这么叫它的，换句话说，从一开始你就打算这么干，是吗？"

"是的！"

"在本庭刚开始的陈述中，你说，你们已经服务了近十亿的用户。"

"到两天前，刚好十亿！"

"他们没在'乐园'，是吗？"

"是的！"他终于明白了。

"我们从来没搭建过'乐园'，'乐园'只是一个傀儡项目，它的作用就是为'动物坟场'提供传输者；与传输者的亲属们互动的，是备份了传输者意识数据的人工智能，和购物网站上为你答疑解惑的人工智能没什么区别！"

"也就是说，这近十亿人……十亿位传输者……全部……"

"是的，全部！"我说。

"我把他们全部送到了3019年的澳大利亚！"

这句话刚说完，整个法庭已经完全失控，我被身后的什么东西击倒在地，之后无数的拳脚落在了我身体的每个部位……

就在我昏过去之前，我清楚地记得，最后一拳是刚才那位红着眼睛的年轻女记者给我的……

宣判结果：

罪犯王诚辉，犯有极为严重的反人类罪，人类未来整个历史不得为其翻案！

判罪犯王诚辉死刑，立即执行；

执行方式："动物坟场"；

时间坐标：公元3019年9月；

地域坐标：澳大利亚，新南威尔士州丛林；

接收者：考拉！

迁徙

作者：老碳子

一

那场再自然不过的迁徙，在我的记忆里，仅仅始于一只诡谲的球体。

我正是从我学生口中听说有关那只球的故事的。彼时，我正任教于镇上的重点初中，做学生们的数学和物理老师。传授知识的过程是我深深热爱的，尤其是面对这群来自乡镇的孩子时——他们淳朴、天真，拥有最原初也最炽烈的求知欲。

更难能可贵的是，孩子们总乐意分享镇子里发生的奇闻异事，譬如某家捡到了大块陨石碎片、某家的麦田地里凭空浮现怪圈等。至于孩子们口中的稀奇事，少部分是纯粹的恶作剧，余下的大部分也总能用课本内的科学知识给予解答。挖掘奇妙现象背后的科学本质，在我与孩子们的眼中都是有趣且珍贵的体验。

深秋的某个傍晚，放学后，班里的大壮同学忽然跑来办公室找我。他涨红着脸，颤抖的嘴唇中憋出一个秘密：他的老爹刚刚在地里挖到一只谁也搬不起的黑色大煤球。

又是一件奇闻异事。我一听便来了兴致，立刻打趣道："大壮啊，这还真是稀奇！连你也搬不起那块黑色大煤球吗？"

"罗老师，瞧你说的！那可是鹅蛋一样大的煤球，我都使出浑身的劲儿啦，就是搬不动。"

大壮挥了挥壮硕的臂膀，满脸委屈："别说是我，就是我大哥和我老爹加起来都搬不动，那只大煤球像是扎根在了地里。"

"一家子大力士都搬不起来，是不寻常。"我饶有兴致地追问，"大壮，那只球摸起来质感怎么样，光不光滑？"

"让我想想。大煤球摸起来坑坑洼洼的，坚硬、冰冷，可就是一点也不光滑——嘿，我记起来了！那只大煤球表面净是些黑色液体，量很大，也很黏稠，粘在手上难受极了。我洗了很久才清理干净呢。"说着，大壮向我展示他白净浑圆的双手。

"嗯，那只球真是纹丝不动？"

"真的！推拉抬举都没有效果，它可犟了，就是一点儿不动，也砸不开，奇怪得很。我老爹特别担心，说这大煤球不吉利，不许我把它连根挖出来。所以它到现在也只露出了上半截，下半截长什么样还不知道呢，没准真是长在地里的。"

没准真是长在地里的……

我思索着大壮的话，大壮则瞪着自己白净的双手发愣。

不知过了多久，我不经意间瞥向远处。窗外匆匆飞过一列青色的鸟，似乎是赶着要在暮色降临前归巢。队列划过窗边时，我望见它们的翅膀上落满了深秋夕阳的余晖。

大壮的眼里也倒映着一片橘红色的光辉，在那里，我望见了无限渴望，无限真诚。

这之后的一天里，我始终无法停止对黑色大煤球的思索；放学后独自坐在寂静的办公室里，那只黑球也依旧在我的脑海中挥之不去。我心里终究是涌起一阵不安：它真的只是一只煤球吗？如果是，为什么会搬不起来；如果不是，它从哪里来？它的真身全貌又该是怎样的？

我已经迫不及待地想去亲眼见见那只诡谲的球了。

正这么想时，便听到一阵沉闷而急切的脚步声——大壮同学踏着下沉的夕阳再度闯入我的办公室。只见大壮满手黑乎乎的黏液，眼里尽是焦虑与恐慌。

"罗老师，那只黑色的球，长大了！"

二

亲眼看见那只黑色球体的瞬间，我深深信奉的唯物主义破天荒地出现了一丝动摇。此刻，我魂牵梦萦的黑球，正纹丝不动地"悬浮"在土壤表层，与沃土止于游丝般的联系；覆盖着黑色流体的球体表面正缓缓膨胀，截至现在大约一只篮球大小。但它又是极安静的，那粗糙的质地和浑厚的黏液，并没有显出一丝侵略性。

似乎是为了防止黑球玷污庄稼人的心血，黑球四周的冬小麦都被铲了个精光，大片田野重归寂静和荒芜，远远看去像是中年男人的头顶。此刻，寂静的黑球、荒芜的土地、落日的余晖和余晖下的二人，拼接成一幅奇妙的构图：我与大壮恰似远道而来的朝圣者，伫立在地中海，凝视着圣物，心怀世间一切敬畏与虔诚。

凝视着黑球，我只感到无限阴森，像是同时被它凝视着一般。橘红色的夕阳漫过深邃表面，鲜艳的短波被彻底吸收，只余下同黏液一致的漆黑。这极致的漆黑里蓄满了球的神秘，蓄满了我的困惑，也蓄满了庄稼人的无尽忧心。

这只诡谲的黑球已然超越了我的解释范围。

"罗老师，我没说谎吧？"大壮的额头渗出汗滴，一会儿盯着球，一会儿盯着我，"这只大煤球……是怎么一回事？它是不是真的不吉利？"

我缄默着。

它正在生长，它是生物吗？不一定。疑点在于，克服引力维持悬浮态或是膨胀式生长都需要消耗能量，可它通过何种途径吸收这些能量？抑或是单纯的光学现象？不，这更不可能，因为大壮近距离接触过它，它是实体，它的质量就在那里，不会骗人；也绝不会是恶作剧——究竟要多么高超的技术，才能伪造出这样精巧的骗局？

更令人费解的是，假设它是生物，又为什么只扩张半径，而不运动？要知道运动是生命的内在规律，可这只球从始至终只是沿径向扩张，却从不见运动，甚至从未改变自己的中心位置分毫。

"大壮，这的确很不寻常。"

我试图维持人民教师应有的冷静，"但是不要急，要镇定。你能触摸到它、我能观测到它，就说明它也是再平凡不过的物质，其一切行为必然符合数学、物理定律。既然符合科学，就一定能用科学解释。"

"罗老师，可以求求你用科学解释它吗，像以往每一次那样？"大壮浓厚的眉毛紧紧纠结在一起，"我的老爹很担心这是不祥的兆头，我也很害怕。"

我可以用科学解释它吗？镇定下来，挣脱直观的惊异与震撼，那也不过是一只悬浮在土壤里的黑色球体。它缓慢膨胀着，然而截至此刻仍是篮球大小，在苍茫的田野中那样微不足道。

更不必说，它始终驻足在同一个位置，像是一颗浑圆的、稳定的铆钉；表面的黑色黏液也流淌得很缓慢，看上去安静极了。仔细想来，它身上并没有一处挣脱科学的解释范畴，不过是各种异象的拼接罢了。

安静？

我忽然意识到自己最困惑的地方：它太安静了，漆黑与安静正是涌现未知的源泉。一个未知的生物，既然有能力径向扩张膨胀，为什么不作水平或垂直机械运动呢？广阔的田野也有的是场地供它驰骋，它却为什么只是始终悬浮在原地？

初冬的夜幕之下，我看见强风拂过庄稼，在它们的尖端点燃最后一丝光明；更远处，土拨鼠钻进地里，蚂蚁爬入小窝，鸡鸭回笼，雁雀归巢。黑色球体依然安静地悬浮在麦田地里，像是伴着夜幕缓缓入睡——它们都静谧极了。

不过是回到自己的归宿，那都是再自然不过的事。

"老师也一时说不清这是怎么一回事。"我拍着大壮的肩膀，"不过，老师说不清楚的事物，就请老师的老师来说清楚吧。他们啊，知识更渊博，心思也更缜密，一定会有办法。"

第一时间，我便想起老陈。

三

老陈是第二天大早赶着飞机来清水镇的。

"小罗，你认为应该如何研究它呢？"

老陈近距离端详过那只黑色球体后，笑着问我。

那和蔼而自信的笑容是我在读研期间多次见过的。每当老陈这样笑着向我抛出课题，我就确信，这课题一定有解、有价值。所以我猜测，老陈的心中早已有了答案。

只不过，我的脑海里依旧乱糟糟的。

在那漫漫长夜尽头，黑色球体已和寺院门前铜狮雕像的头颅一般大小。它依旧安静，却愈加散发出压迫感，迫使我们维持长久的缄默。长夜里，大壮父亲坚持认为球与土壤的直接接触是不祥的，这位憨厚的庄稼人一声不吭地劳作了大半夜，清空了麦田一角，留下一只巨大的坑洞以供黑球生长；至于大壮，早已难敌困意，卧倒在不远处的田埂上呼呼大睡；我则不遗余力地整顿着思绪，端坐在黑球面前，直到东方透出一抹晨曦。

"应该如何研究黑球？我认为最基本的，是要先采集表面黏液，鉴定其生物成分、分析其化学构成。如若可行，切割球的一部分作为样本，送到实验室进一步解析材质的力学性质、光学性质。但尚不确定这只球是不是生物，这么做可能会惊扰到它。"

"说了半天，为什么不把这只怪球整体送到实验室呢？"老陈笑眯眯地问我，"那样不是更好？"

顷刻间，我意识到，截至此刻，那只黑球依旧静滞在原地。纵然半径缓慢扩张着，黑球的中心位置似乎从未改变。在我那固执的潜意识里，它好像就应当是静止的。

"从我观测开始，它就一直悬浮在那里，纹丝不动。"我答道，"我的学生也正是经由这一异象注意到它的。陈老师，它真的能够被挪动吗？"

"不一定。"老陈说，"这也是我最关注的一个问题。假定它是一个生物，你说它要什么时候才会维持径向成长，而中心位置静止不动呢？"

"吃饱了睡觉的时候？"大壮蹲在不远处的田埂上大喊。

"想象这么一种情况，一只小鱼在水底铆足了劲儿向上游，跃出湖面，带起一串水花，"老陈望向大壮，仍是慈爱地笑着，"随后，小鱼在最顶点失去动能，竖直下落。从鱼嘴接触湖水的那一刻起，湖面就留下了一串它的印记。假定鱼是规则的球体，那么以湖水为截面摊开一张白纸，白纸留下的小鱼的印记，随时间变化的情形该是怎样的？"

我开始想象老陈所说的情景。起先，鱼嘴接触湖水的那一刻，白纸呈现的只有一个孤零零的点。紧接着，小鱼的身体不断没入水中，截面那个孤零零的点也逐渐扩大为圆。直至小鱼上半身浸入水中，截面圆的半径达到最大。此后截面圆缓缓缩小，最终归于一道线——那是鱼尾的痕迹。截面终将什么也不剩，除了一串证明其存在的涟漪。

"我想清楚了！"大壮激动地瞪大眼睛，"黑色的球也是一只穿越湖面的小鱼，我们的田野就是那片湖面。"

"小胖，你几乎说对喽。"老陈摸摸掉了漆的老花镜，"那张白纸，可以用来比拟我们生活的整个世界。设若存在某种更高维度的小鱼，当它们穿越我们的世界时，留下的痕迹就将是这只膨胀的怪球，或许也伴随着一串可观测的涟漪。"

"陈老师，你是说，高维度生物？"我有些不敢相信自己的耳朵。

"那不是什么值得担忧的东西……"老陈沉默片刻后回答，"即使谈到所谓四维生物，它们也不过比我们多一个坐标分量。或许古怪反常，但并不可怕。"

说到这里，老陈已经收起笑容。他满脸严肃地与我对视："小罗，你来清水镇支教，你不了解。近两周以来，我们已经在世界范围内发现了多个这样的黑色球体——学术界管它叫'黑鱼'，与之相关的研究暂且还是机密。大体上说，黑鱼们有的悬浮在高空，有的浸没于深海，小胖找到的黑鱼，是目前陆地上仅有的一枚。正因如此，对它展开详细研究的希望最大。"

"这群黑鱼跑到这里，是想做什么呢，和我们一起玩吗？"大壮忙不迭地追问。

这时，我看见老陈眯着眼望向远处的田埂，老花镜的镜片溢满了阳光。正午的暖阳下，土拨鼠隐匿在小麦腰间，蚂蚁不知疲倦地搬运着食粮，鸡鸭扑腾起翅膀。老陈则是一脸享受，他悠悠地开口："那是迁徙。不过是黑鱼要游回自己的家了，途经我们的世界而已。这是再自然不过的事情。"

四

我们的世界时时刻刻都在发生着迁徙。这类周期性往返于繁殖地与越冬地之间的行为，并不仅限于我们熟知的候鸟；部分哺乳动物、鱼类，甚至少数无脊椎动物，也都有迁徙行为。正如老陈所说，迁徙，是生命运动的正常规律，是最自然的事情。我深以为然。

进一步的，兴许对于所谓"高维度的鱼"也是如此：季节更迭之际，黑色的鱼儿从一片水域游往另一片水域，成群结队，一往无前。它们会在途中时不时跃出水面，为了规避天敌，抑或进行气体交换。而我们的世界恰似那平静的蓝色水面，一切都平凡极了。

话虽如此，同是迁徙，雁的迁徙终究是比蝗虫的迁徙来得温和；鲨的迁徙终究是比草鱼的迁徙更加暴烈。所谓黑鱼迁徙，投影到我们的物质世界该会是怎样的规模？是暴烈还是温和？对于这个论题，老陈始终没有正面作答；每当我旁敲侧击地问起，老陈也总会在一阵沉默后摆出那句老生常谈："迁徙就是迁徙，怎么，你还能拦住它们不成？"

拜师老陈门下做了三年学生，我也多少摸清了他的性情。这位屹立于当代物理前沿的老学者，平日授课是出了名的不苟言笑，绝不讲半句废话；可要是私下谈起前沿的专业难题，他却总是挂上和蔼而自信的笑容，三言两语阐明问题核心。如果某个专业问题能使老陈都支支吾吾、思考良久，这个问题势必也是尚不明朗的，甚至是无解的死胡同。

于是，他的遮掩勾起了我的忧虑，但这份忧虑终究还是随着时间一点点消弭。

老陈向上级汇报情况的当天夜里，研究团队就已火速赶往清水镇。那支身穿蓝色防护服、在农田边缘搭建白色帐篷的研究团队，吸引了不少农户围观。此后，他们封锁起周边农田潜心研究，便再也没有大动静。些微的骚动过后，我自是回归学校安心授课，班里同学都不知道黑鱼的事，除了大壮。他也是一如既往地老实憨厚，始终将黑鱼视作秘密。

唯有大壮的父亲，每至黄昏，都会来到封锁的农田边上，面朝黑鱼所在的位置合拢手掌。偌大的清水镇一直风平浪静，他大概是镇子里唯一担忧着黑鱼的人。

正如老陈所预料的那般，清水镇的"黑鱼"，在两周后达到了最大体积——与半张乒乓球台旗鼓相当。此后黑鱼的体积果然呈现逐渐缩小的态势，并预计将于两周后彻底归零。这只布满黑色黏液的丑陋球体，其最终归宿只能是平静地消失。

老陈是在一个夜里急匆匆赶来见我，并向我分享这些喜讯的。作为研究团队的特聘顾问兼生长模型课题组组长，老陈在这只黑鱼身上提取了大量参数，以建立精确的"膨胀—收缩"数学模型，其拟合结果也堪称绝佳。用以描述黑鱼生长的一切数据，都精准符合数学模型的预测。

"多亏你们，黑鱼终于不再是未知的了。"我长舒一口气，给老陈倒上一杯热茶。

老陈没有回应我，而是小口抿着热茶。我捕捉到老陈眉间匆匆掠过的一抹不安。

"单只黑鱼的生长模型，还有它的物理、化学性质等，确实是摸清楚了。"

老陈的声音有些颤抖，他缓缓放下热茶，扶稳老花镜："然而，我们不知道这样乒乓球桌一样大的黑鱼 —— 或者鹅蛋一样小，这都不要紧，体积不重要，数量与位置最重要 —— 世上究竟还会出现多少，它们又会成群结队地出现在哪里？这是十分严峻的问题，而更可怕的是，我们绝无办法对它们进行观测或是预知。平静的湖面绝不会告诉你水底藏着怎样的游鱼，三维欧式空间不过是四维欧式空间的一个投影，却也正是缺失的那个分量隐匿着一切危险的信息。"

几乎是同一时间，我记起老陈说过的"四维生物不过比我们多一个坐标分量，或许古怪反常，但并不可怕"。

想来老陈应该从一开始就明白黑鱼事件的核心是什么，然而或许是做了最积极的预期，又或许是为了照顾大壮与我的情绪，他始终没有阐明这一点。老陈眼里的我，大约还是个心灵敏感、思维迟钝的乖学生。

他再也没有说话，我也缄口不语。我深信探讨专业课题时的沉默，是思维的润滑油；此外的一切沉默，不过都是无尽的煎熬。

两杯热茶也沉默着。它们彼此相对，升腾的热气浸润了陈老师的老花镜片，继而缭绕在屋檐下的挂画前。那挂画中央，清水白莲之间游动着两条红鲤鱼，恰似那缥缈的热气，回旋往复，不知疲倦，终无尽头。

五

黑色鱼群的迁徙悄然改变着世界的形态。

起初，黑鱼是伴随一连串重大交通事故逐渐进入公众视野的。

最早的交通事故发生于日本京都内一条繁华的交通干线。那条主干线在十分钟内连续发生超过三十起车辆失控事故，造成重大伤亡。公路一时间填满了金属碎屑、破碎的肢体与暗红的黏液，实在惨不忍睹，日本媒体称之为"史上最漆黑的十分钟"。

经详细鉴定，在所有车辆残骸中，都发现了一个精准贯穿车身的圆形空洞，半径不过3.8厘米，却彻底毁坏了车辆的操控系统。不久后，在距事发区域的上游约一百米的道路中央，鉴定团队找到了罪魁祸首：一只渺小的球形"黑鱼"。夜幕下它静静隐匿着形体，是那样无辜地生长、膨胀，也是那样轻描淡写地摧毁了疾驰的钢铁巨兽。

紧接着，各类超乎想象的交通事故接踵而至。远在法国，一架军用直升机在执行任务时撞上一只新生的黑鱼，螺旋桨瞬间报废；及时弹射逃生的两名驾驶员也未能幸免于难，失事直升机附近最终找到了两只千疮百孔的降落伞。

近在俄罗斯北方，一只黑鱼冒着狂风暴雪扎根在西伯利亚运输线的铁轨底端，这只不起眼的黑鱼顷刻间掀翻了数万吨的庞然大物，坚韧的合金化作了扭曲的废铁；同是列车，印度南部的另一班就更不走运了：那班可怜的载客列车撞上了竖直飘浮在半空中的黑鱼，列车左侧的乘客还没反应过来就被它齐刷刷地洞穿了

胸口 —— 像是筷子穿过软糯的芝麻汤圆那样，只剩下列车右侧的乘客呆坐在血腥弥漫的车厢中，恍惚出神。

　　一系列骇人听闻的交通事故将黑鱼推向了舆论的风口浪尖。人们喜欢讨论黑鱼，因为未知、因为新奇；却也无比忌惮黑鱼，因为指不定哪一天，自己也将成为黑鱼的受害者。

　　世上究竟有多少黑鱼？未知的黑鱼又会出现在什么地方？这些问题迅速成为上至专家、下至百姓最关心的问题。某大学知名学者在接受公众采访时声称，经过私人团队的不懈研究，他们断言全球黑鱼的数量不会超过五千只。

　　这席话一夜之间成为人们的定心丸，可就在采访播出的次日，地质学家在莫霍界面[1]附近侦测到大量新生黑鱼，黑鱼总量在世界范围一举突破五千只，直逼五位数大关。定心丸短短一天就过了保质期，恐慌再度战胜好奇，混乱与无序正于暗处悄然滋生。

　　戏谑的是，归根结底，一切事故的罪魁祸首竟是这么一场迁徙 —— 一场再自然不过、再平凡不过的迁徙。难道，我们要将罪孽归结于那些无辜的黑鱼身上吗？

六

　　"据美联社报道，黑鱼的频繁出现迫使加利福尼亚州彻底陷

1　划分地壳与地幔的界面，是化学物质和晶体结构的突变边界。

入交通瘫痪。政府预计实行最高级别交通管制，并禁止一切交通工具出行。"

屋外大雪纷飞，一片凛冽。屋内，我正为老陈阅读今日的重大新闻。老陈窝在温暖的火炉边，双手捧着热茶，眯起眼，津津有味地听我念新闻。

"除去交通方面，小罗，再念几条听听。"

"据路透社报道，英国最大的核电站正面临多只新生黑鱼的威胁，或将于近日全面关停。"

我念下一条。老陈依旧眯着眼，不为所动，我见状就继续念了下去："一名滑雪运动爱好者被发现在高空意外身亡，其遗体悬挂于空中长达一天之久，后于头盖骨顶部发现弹丸大小的黑鱼；欧洲有关团队声称，莫霍界面发现的大量黑鱼或将引发全球性地质变化。截至昨日，陆上黑鱼总量已达一百万只。其中，中国境内的数量七万有余……"

"真是接连突破我的想象力。"

老陈缓缓戴上老花镜，缓缓开口："看那个可怜的人。不过是在滑雪，多健康的运动，可偏偏就在腾跃到半空中时遇到了新生黑鱼，意外身故，谁又能料想到呢？至于死法，更是荒唐——那只黑鱼竟像结实的铆钉一样把人的头骨钉在了蓝天白云之间。讽刺的是，黑鱼没有罪，人类也没有罪——我们与黑鱼，只是不和罢了。"

老陈一席话使我恍惚间想起田野间的那枚黑鱼。起初，那枚黑鱼与老实的庄稼人确乎严重不和。可到昨夜为止，它已收缩至一枚鸡蛋大小，看上去人畜无害，兴许已被鹅毛大雪掩埋在田野里了。许多人相信，绝大部分黑鱼应当还是会像它这样出现在荒郊野岭，对人类社会难以构成威胁，只要扛过个别惨案、等待黑鱼全部消失，我们的生活就能够再度恢复宁静。

老陈的忧虑与感慨无疑是明智的，可我们与黑鱼的冲突，终有竟时。

想到这里，我反而释怀了不少。我端起自己的茶杯，与老陈的茶杯相碰："陈老师，你说过迁徙是最自然的事情。既然已经经历过这一次，就证明历史与未来都会经历无数次。无论是耐心等待还是奋起斗争，人们总会找到与黑鱼和谐相处的办法。"

"小罗啊，你果然是只适合教书，不适合搞科研。乐观与妥协起不了任何作用，不和就是不和，差异绝不因主观意志而转移。黑鱼，只会在我们的世界继续兴风作浪，甚至更加猖狂。"

茶杯相碰发出清脆的响声，老陈随之叹了一口气："纵使小石子坠入湖面也该掀起层层波纹，更何况是鲜活的鱼？单单是所谓湖面涟漪，那充盈着能量的一圈圈振动，就足够我们脆弱的星球喝一壶了；更不必说黑鱼二次下坠穿越湖面，肯定只会有更多超越想象力的荒诞悲剧发生。当然这都是科学问题，不完全理解也不要紧。但我希望你至少记住，它们是无辜的，人类也是无辜的，一切不过源于一场平凡的迁徙，像是鸡鸭回笼、雁雀归巢那样，自然极了。可我认为这正是最悲哀的地方。"

无论我们能否扛过这场危机，老陈说，黑色鱼群至少教会我们一个道理：我们平静的历史是如此悠久，以至于我们竟然认为平静才是理所应当的 —— 可其实不是。平静是幸运、是偶然，冲突才是常态。当真正"理所应当"的事情发生时，谁又能有抵御的能力呢？

七

黑鱼终究是彻底改变了世界的形态。

有关黑鱼的两大谜团：数量与位置，前者经过无数血与泪的实践，终于告破。在那事故频发的两个月内，黑鱼的数量已从五位数跃升至十二位数，并逐渐维持稳定。这意味着黑鱼的种群密度已然超越人口密度，而人口密度——自然下跌不少，两个月内约有一亿人葬身于与黑鱼相关的各起事故，每一个鲜红的数字背后都藏着一串令人嗟叹的悲剧。

另外，有关黑鱼现身位置的民间研究依旧如火如荼地展开着。起先是一位非裔科学家提出了"弹坑理论"，声称统计结果表明黑鱼不会出现在同一个位置两次。

这一论调的公布一度引爆"抢地热潮"，不少富豪开始抢购黑鱼出现过的地皮。曾有房地产老板欲图斥巨资购买大壮父亲的农田，却被这位憨厚的庄稼人果断拒绝了，这位大老板在被黑鱼支配的恐惧中惶惶不可终日，死得可怜。直到那位赚得盆满钵满的非裔科学家，在重金购置的安全区里被新生黑鱼钻透了颈部动脉，抢地热潮才算平息。

然而，不久后接踵而至的"涟漪"，于人类社会而言将是毁灭性的打击。

第一起涟漪正是在两个月后爆发的。提起涟漪，我脑海中闪烁的第一幕便是滔天巨浪。老陈肯定了我的直觉，但也叹息后果远不止于这样。

事实上第一起涟漪并非来自海上，而正是来自空中。三月初的美国，于亚利桑那州上空接连消失的大量黑鱼引发了涟漪效应，原本平静的卷积云团迅速扭曲，在短短半小时内形成三道巨型龙卷风。其中一道横跨科罗拉多大峡谷直抵内华达州，途中顺手掀翻了拉斯维加斯的几家大型赌场，带来纸牌与金币的暴雨。北冰洋海域上空消失的黑鱼则凝聚了大量冷气团，推动寒潮南下，酿成史上最严重的春季低温，北回归线至赤道的所有春季作物几乎无一幸免；多道寒流交错过境日本北海道，携来巨量降雪，将那里变成再无人烟的冰雪世界。

紧接着，第二道涟漪以地质灾害的面貌登上历史舞台。地壳像是被吹过气一样膨胀起来，原本坚硬的结构变得松散，失去了稳定性。发生在巴西南部的板块张裂活动在短短一周内形成了巨型沟壑，东非大裂谷再也不是太空中唯一可以欣赏到的自然景观；位于意大利西西里岛的埃特纳火山在亚欧板块与非洲板块的碰撞之下终于爆发，熔岩清洗了西西里岛的每一寸沃土，使这里变为血一样的红色，扩散的火山灰几天后遮蔽了英国全境，骄傲的"日不落帝国"第一次迎来了它的日落。

为一切悲剧谢幕的正是滔天巨浪。简单地说，那山峦般的巨浪也是绝大多数人生命中所见的最后风景。许多人直至生命的最后一刻也无法相信，记忆里风和日丽的和谐世界，会在仅仅半年间天翻

地覆 —— 这琉璃一般的星球已然布满火焰、洪流或是冰霜，哀鸿遍野，满目疮痍，过往的宁静祥和再也寻不见一丝踪迹。

直至我生命的最后一刻，我也无法相信 —— 那样自然的一场迁徙，竟然那样轻描淡写地摧毁了平静的日子。就像丘陵里悠悠的巨象踩过虫豸，原野中疾驰的骏马踏遍鲜花。骏马与鲜花谁也没有过错，但终究是本源性的不和导致了最后的悲剧 —— 骏马毕竟踏过了鲜花，一个无心之举凋零了一个世界。

"我们又曾使多少个世界陷入凋零呢？"老陈无数次捧起茶杯，望着荡漾的茶水苦笑，那是他在最后的时光里最常念叨的一句话。

凋零是常态，风调雨顺才是运气使然。这是大壮父亲告诉我的。这位老实的庄稼人在寒潮中失去了全部心血，却也顽强地守护着他的耕地直到生命尽头。他对我说的最后一句话是，我们不能忘记感恩。

最后是大壮，我亲爱的学生大壮。覆灭清水镇的海啸来临以前，他正悠闲地坐在院子门口吃他最喜欢的奶油蛋糕，那一天是他的十五岁生日。见我来了，他迫不及待地凑上前咧着嘴说："罗老师，告诉你一个秘密，我昨晚做了一个梦呢！我梦见自己穿越到了黑鱼生活的世界，总算驯服了它们 —— 它们可喜欢吃面包屑啦。

"我的生日愿望就是驯服所有的黑鱼！罗老师，你最好了，可不要告诉别人。"

那是一个久违的晴天，阳光真好。大壮的口中塞满了热乎乎的奶油蛋糕，脸上堆满了微笑。最后，他迎着阳光站了起来，一边愉快地大口咀嚼，一边冲着太阳的方向伸了个懒腰，神态从容安详，像是黑鱼从没出现，像是一切都能重来。

涛声渐近。这时，逆着阳光匆匆飞过一列青色的鸟，我望见它们的翅膀落满了和煦的光辉。

大壮的眼里也倒映着一片和煦的光辉。在他眼里，我再度望见了无限渴望，无限真诚。

那场再自然不过的迁徙，在我的记忆里，正终结于这样一个目光。

无法穿越时间的人们

作者：徐王旻

人是无法穿越时间的。

外公去世后，母亲表现得非常镇定。每天早晨按时去上班，回到家中便投身于做饭、打扫的忙碌当中，原先由我负责的洗碗、洗衣等工作都被母亲一并承包了。我稍稍放宽了心。我原本非常担心母亲会承受不了这个消息，外公生前最疼的便是他的小女儿，而作为小女儿的母亲也与外公最亲近。外公确诊癌症的那天，母亲差点晕倒在家人面前。之后每夜都会前往外公家陪护，耐心地给外公喂饭喂药、擦洗身体、更换衣物。然而凡人的努力终究无法拦住死神的脚步，秋末的一个夜里，外公还是走了。那一晚母亲没有睡着，目睹了外公离去的全过程。母亲告诉我，外公走时非常平静，仿佛已经知道了自己即将离去，走之前跟母亲交代了很多事，最后一句话是："人是无法穿越时间的……"我猜外公原本是想表达"人无法战胜时间，终归有离去的一天"，不知是外公口误还是母亲听错了，才变成了"穿越时间"。

或许忙碌真的可以让人忘却悲伤，哪怕是伪装的忙碌。母亲全心投身于工作的理由我当然明白，但这总归是一种不错的安慰手段，于是我没有阻止母亲的刻意忙碌。表妹却发现了异常。她以上下班方便为由，每天都会来我家一起吃午饭，不过我知道表妹主要还是想来看望母亲。表妹偷偷把我拉到阳台上，说："你没发现小姨最近每天都会换枕巾吗？"我扭头看了一眼晾衣架，刚洗过的枕巾正挂在眼前。"只是故意增加自己的工作量吧？"我向表妹提出了我的想法，"忙起来的话，就不会……"表妹瞪了我一眼："那勤换衣服就好了，干吗换枕巾？"我瞬间领悟了表妹的意思，如此频繁地更换枕巾，理由只有一个。

我向母亲提出了晚饭后一同散步的提议。正好城郊新修建了河边公园，有一条专供步行的沿河大道。走在河边，清风拂面而来，耳旁伴有清脆的鸟鸣，整个人从上到下都会舒爽许多。想必母亲也会稍稍缓解一点心情吧。我这么想着，便看到母亲此刻的眼神比白天时放松了不少。我犹豫着要不要直接开口问母亲枕巾的事，但又不想破坏这片刻的平静。就这样，我们慢慢地迈着步子，走到了旧桥的下方。旧桥的年龄据说接近五十岁了，它已随着上游新桥的建起而退出了历史，现在默默地守护于沿河大道的一侧。因为桥洞里偶尔会聚集一些浑身脏污的流浪狗，因此来散步的人们基本不会走到这个位置，母亲却毫不犹豫地继续向里走去。我有些担心，提前一步走进了桥洞。而后发生的事情，着实出乎我的意料。

一个黑色的、方块形状的洞安静地挂在桥洞墙壁上。不，与其说是挂在那里，不如说是守在那里，仿佛是在等待什么人来发现它。它的外形与这世界上任何一扇门都不一样，感觉不像是地

102

球上应该存在的物体，然而此刻它偏偏就呈现在我的面前。虽然桥洞里光线很暗，但那黑洞全然没有给人任何危险的感觉，这附近的时空仿佛因其存在而产生了一种神秘的感染力。只一瞬间，我便被其吸引，仿佛有一只无形但温柔的手在拉着我走进那个洞里。我看了一眼母亲，母亲的反应和我一样，正在慢慢接近那个黑洞。我握住了母亲的手，一同弯下腰，跨步踏进洞里。里面似乎是一个通道，但完全没有光线照射进来，我们只能摸黑前进。通道里异常温暖，让我产生了不小的困意，忍不住要闭上眼睛。就这样走了数十步，前方出现了微弱的亮光，我们迷迷糊糊地继续前进，就在我快要睡着的时候，母亲停了下来。

　　我睁眼一看，面前居然是外公住的小屋。背靠皖山，白墙青瓦。然而我们脚下却是白茫茫的一片，看不清道路，也无法判断自己身处什么位置。我感到有点不可思议，外公家在郊外，离城里还蛮远的，我们怎么也不可能这么一会儿就走到那边吧。而且这里的景象也非常诡异，除了小屋附近，其他地方全是耀眼的白光，既看不到任何行人，也看不到周围的环境，有点像是梦里的场景。就在这时，母亲突然放开了我的手，踉踉跄跄地向前奔去。原来是有人从屋里出来，正往门前的小菜园走去，那身形和姿态除外公之外别无他人！我也赶紧跑步跟上。可是我们跑了好久好久，外公和小屋依然在远处，我们与他的距离似乎没有任何变化。我看到母亲的泪水被甩在半空，脚步逐渐慢了下来。终于，母亲跑不动了，一下子扑倒在地上，放声大哭起来："爸！爸！我在这儿，你快过来啊！爸！你快回来啊！爸爸……"

　　那天回到家后，母亲把自己关在房间里，放声大哭了好久。

我在沙发上默默听着，一半揪心，一半宽慰。悲伤的情绪如若不及时疏散出来，藏在心里太久就会越积越多，到承受不了之日便为时晚矣。现在终于能痛快地大哭一场，母亲一定能减轻不少压力吧。果然，在那之后，母亲再也没有每日更换枕巾了。取而代之的，是她每天都会让我陪她去河边公园散步。那天的经历我和母亲没有告诉任何人，一是觉得实在不可思议，自己也无法确定那到底是梦境还是现实；二是母亲害怕说出去后，会失去这仅有的能看见外公的机会。然而，虽然我们严守了秘密，那个方块黑洞却迟迟没再出现。接下来的几天里，我们尝试了不同的时间段、不同的路线，甚至不同的衣服装扮，可每次前往旧桥的桥洞时，却只能看见不同数量的流浪狗，偶尔还有拾荒的老人经过。

　　就这样过了一周。晚饭后我独自来到河边公园散步。天色渐黑，行人数量也越来越少。大道一侧的空地上，有露天的 KTV，一名年纪不小的男子正在忘情地唱着邓丽君的《但愿人长久》，周围一个听众都没有，但他似乎完全不在意这些，充沛的情感源源不断地从胸腔里迸发而出。可惜廉价的音响设备只能传达出嘈杂的噪声，歌声经过电子转换变得非常刺耳，使得步行的人群纷纷远离此处。我也不自觉加快步伐，赶紧走过这个区域。前方便是旧桥了，远远望去，似乎没有流浪狗的踪迹。说不定今天能重现奇遇，我脑海里莫名产生了这样的想法。

　　那个方块形的黑洞正静静地守在桥洞里。我强行按捺住激动的心情，赶紧掏出手机拨打母亲的号码，手机显示没有信号。我疑虑了一秒，转身走出桥洞，小心地观望四周，确认附近一个人都没有，便再次按下母亲的号码，这次通了。我告诉母亲黑洞再次出现了，那头啪的一声挂掉了电话，我只好待在原地默默等待。此刻，周围早已变成黑乎乎的一片，旧桥上也不会有车辆和行人经过，我的耳边除了虫鸣，就只有远处传来的歌声。但我还是觉得自己站在这里格外显眼，于是便慢慢蹲下，尝试把身体蜷缩起来，悄悄用余光扫视着周围的一切，尽可能地不发出任何动静。

过了二十多分钟，母亲踏着小碎步半走半跑地奔过来，一边喘气，一边用右手按住身上的挎包。我们一同走进桥洞，看到那方块黑洞还在那里，母亲松了一口气，没有片刻迟疑，直接跨进通道内。这次我提前做好了心理准备，无论如何不能再犯迷糊了，我想看看这个通道里到底是怎么一回事。然而进去之后，我还是瞬间被那股温暖包裹得昏昏欲睡，等我回过神来，便又一次站在了外公的小屋面前。跟上次一样，无论我和母亲如何奔跑，与小屋的距离始终无法拉近。我们只能远远地望着对面，望着母亲朝思暮想的地方。这次外公家似乎有客人，门后隐约能看见人影晃过。其间外公出来过一次，没有去小菜园，而是把放在屋外的火桶拿进屋内，不一会儿，屋里就飘出了阵阵黑烟……

这个画面似乎在哪儿见过？我在脑海里急速寻找起来。火桶？外公出来把火桶拿进屋内是为了做什么吃的吧，飘出来的黑烟仿佛在提醒着我。我猛然想起，初中时曾在外公家吃过烤玉米，火桶就是那个时候用的！

那是我童年最快乐的记忆之一。当时正值初二的寒假，我跟着母亲上外公家玩耍。表哥表姐带着我和表妹在外公家附近的沙滩上玩抓小偷的游戏，我们在笑声和尖叫声中不停地疯跑，结果不小心踩进水坑里，鞋袜全湿透了。回到外公家，大姨和母亲一边责骂，一边搬出火盆，让我们四个孩子脱掉鞋袜坐下，把鞋垫垫在脚下烤火。我们不敢说笑，老老实实地挤在一起，外公看到这副样子，便问我们想不想吃烤玉米，然后去屋外拿了火桶进来。外公的烤玉米总是有一面太焦，一大块漆黑的样子特别不好看，但那是我吃过最最好吃的烤玉米了。

难不成我和母亲现在看到的场景便是那个时候吗？如果真的是那样，那这个黑洞恐怕是某种能穿越时间的通道入口？确切来说不能叫穿越时间，我记得曾看到过相关的理论，人是绝对无法回到过去的，即使能超越光速，也只是能看见过去罢了。更贴近现实的解释是，我们误打误撞地找到了这样一个能看到过去的通道，眼前的外公和小屋并不是现实存在的，而是过去场景的呈现，所以无论我们如何奔跑都不可能接近。我非常激动，相信自己已经解开了这个通道的秘密，于是赶紧将自己的想法告诉了母亲，母亲却意外地动了怒："我不明白你说的这个什么通道是什么意思，但既然我能看到爸爸，那爸爸肯定是存在于什么地方，绝不可能不存在。我现在要做的就是去找到那个地方。"我有些懊恼，准备向母亲解释关于时间穿越的理论，但看到母亲颇为生气的样子，便赶紧打住了，随后又开始后悔，为什么要跟母亲说眼前的外公不是真实存在的呢？原本我也不是真的懂这些理论，既没有接受过专业的学习训练，也未曾有相关的科研经历，此时却非得装作专业人士的样子，向母亲炫耀这一点道听途说的所谓"知识"。

就在我自责之时，母亲从挎包里掏出来一个塑料袋，里面包裹着两盒黄烟，那是外公生前最爱的东西。记忆中，每次回到外公家时，外公都会坐在门口的长板凳上，一边抽着铜质水烟筒，一边微笑地望着我们。抽了六十多年黄烟的外公，在查出肺癌之后，硬生生地戒掉了抽烟的习惯，这需要多么强大的毅力啊！然而不管外公的求生欲望多么强烈，死亡还是冰冷地带走了一切。母亲在散步时曾多次表示过自责，早知道戒烟也不能延缓外公离去的脚步，那还不如让他老人家在临走之前多享受一些。母亲把塑料袋的开口封好，后退半步，然后奋力向前跑去，用最大的力量把那两盒黄烟向外公的小屋扔去。包裹着黄烟的塑料袋笔直地飞了出去，丝毫不见下坠的趋势，那样子仿佛是被前方的什么东西吸过去了一般，随后逐渐消失在白色的亮光中。我瞪大眼睛盯着外公的小屋和那片小菜园，盯了好久好久，也没见到有什么东西掉下来。母亲也在一旁望了好一会儿，确认那边没有任何动静后，轻叹了一口气，走回来了。

那两盒黄烟的消失让我有些疑惑，我对自己的判断也产生了怀疑。如果眼前看见的都不是现实，那么黄烟怎么就不见了呢？或许那不是过去的场景，而是现实存在的？那个黑洞或许是某种连接空间的通道入口，母亲扔出去的黄烟说不定是被吸到了通道的另一端出口，也就是外公家附近。虽然当时并没有看见任何反应，但如若去现场找找，说不定能有意外的收获。抱着这样的信念，我来到了外公家。先在小菜园里寻找塑料袋的踪迹，无果。然后又去屋里寻找，然而无论哪个房间都没看见有类似的物品。我又来到屋外，在附近仔细地搜寻，终究是一无所获。正巧这时大姨回来，看见我迷茫地在附近打转，便询问我在干什么。我赶忙以找表哥吃饭为由搪塞了过去。大姨假装责备我："过段时间我要来这儿收拾房间，你要是没事干，到时候就过来帮忙，听到了没？"要是继续被大姨追问，说不定会露出什么破绽，于是我赶紧答应下来，便朝着表哥的房间跑开了。

在外公家没能找到相关的线索，我又重新考虑那个通道会不会是跟重现过去有关。黄烟或许没有消失，而是被扔在通道里，只是那里四处充斥着耀眼的白色，让我们无法确认自己所处的位置，更不可能寻找扔出去的物品了。母亲对这些毫不在意，她最近仿佛找到了新的目标，到处张罗着买些什么，每天傍晚去河边公园散步时都会带上她的挎包。当那个方块黑洞再次出现时，母亲非常高兴，这次她从包里掏出了一个新的电热水袋："爸爸总说晚上睡觉的时候脚冷，原来总是用旧热水袋凑合着，管不到两个小时就凉了。"一边说一边用力把电热水袋向前扔去，然后便守在那里，仔细观察外公的小屋附近，直到电热水袋消失不见。我也有些好奇，便朝着对面小跑过去，一边跑一边观察地面，看看是否会有这两次扔出去的物品。然而无论我跑多久，只能看到白茫茫的一片，没有任何其他东西。外公的小屋始终默立在前方，静静地看着这一切。我不免有些灰心，回头走向母亲那里，母亲的脸上仿佛有微笑若隐若现。往后的半个月我们又来了两次，母亲在这里扔了一个新的烟筒和一副新手套。看着母亲每天念叨着买什么东西带过去，我有一点担忧，小心翼翼地向母亲提到，那些东西就算带来也只能消失在通道里，外公是不可能接收到的，再继续下去只会浪费精力和金钱，可是母亲不为所动。母亲认为物品会在通道里消失，就证明扔到了某个我们到不了的地方。只要坚持带东西过去，总会有外公能接收到的。我越发担心了，虽然母亲最近的情绪是比之前好了不少，但也逐渐有些偏执的趋势了，如果一直依赖这个神秘的通道来安慰自己，万一哪天黑洞消失不见，母亲又该如何是好呢？况且旧桥原本就是要拆除的，只是因为一些意外情况耽搁了。而我们发现的黑洞位置是在旧桥的桥洞里，如果某天旧桥整体都不在了，不知道黑洞还会不会存在呢？我忽然想到了关于旧桥的一些传闻。

当初修建新桥的计划很突然，因为旧桥外表看上去并没有明显的损坏痕迹，也没有任何老化的迹象。有一天市政府突然召开新闻发布会，公布了修建新桥的计划，表示需要对旧桥进行爆破拆除。这个提案一公布便遭到了市民们的强烈反对，大家不肯舍弃相伴几十年的旧桥，不愿意接受无缘无故的拆除。伴随着抗议声，针对建桥目的的流言也纷纷出现，"捞油水"等说法一时间甚嚣尘上，不少精明人士趁机前往旧桥拍摄视频蹭热度。甚至还有人说在附近上空看见了UFO，宣称旧桥是与外星沟通的秘密联络点，为了防止被更多人发现才不得不炸毁旧桥。民众的抗议使旧桥得以保留，新桥建在了较远的地方，结果因为路程变远又引发了新一轮的抗议。种种闹剧，随着时间的流逝都逐渐消散了，旧桥也逐渐被人们遗忘。我上网进行检索，试图寻找有关当初抗议的新闻报道。结果还没来得及找到，就先看见了一个不太妙的消息——市政府将再次启动旧桥拆除计划，预定在明年开春。这次，应该不会再有大规模的抗议了。

转眼就到了冬天，这段时间我被大姨喊去外公家帮忙收拾房间，母亲不愿看到空荡荡的房间，便每天一个人去旧桥边散步，照例会带上挎包。大姨告诉我，舅舅打算过完春节后改建外公的小屋，把外公的房间和隔壁舅舅家打通，连成一体。舅舅家是做饭店生意的，打通之后能扩出两个包间来，二层还能改造成客房，这样便可以增加不少收入。在那之前，需要把外公生前留下的物品先清理一遍，舅舅的原话是："只留下有用的，能扔的尽量扔。"大姨不舍得扔，打算把外公的遗物打包带回家，保存起来。我情不自禁地开口说道："怎么都赶在春节之后呢？"看到大姨一脸疑惑，我便解释说看到了旧桥即将在节后被拆除的新闻。"你管那个做什么？"大姨带着埋怨的口气说道，"那么老的桥，早就该拆了。唉，可是你外公的小屋也要被拆了。改建之后可就看不到原来的样子了，到时候你妈又要受不住了。"我猛然反应过来，对啊，这里年后也要被拆了，到时候无论是真实的还是虚拟的小屋就都看不到了。我一脸愁容，但又没有办法，现在去劝说舅舅恐怕不会有任何效果，难道只能想办法劝说母亲接受这一切了吗？"人死不能复生，活着的人总要向前看。总不能老是活在思念里啊！"大姨一边收拾东西，一边冲我说道，"过几天我一定把你妈拉过来，一直这么脆弱像什么话？年前还得回山里祭拜呢，家里这么多事我一个人怎么忙得过来……"这时表哥也过来帮忙了，我们一齐将外公的物品塞进大姨带来的包裹里，再抬到车上。大姨又顺手拿起笤帚开始扫地，用她的话说，"不管怎么样，家里时刻要保持卫生"。我和表哥拿来湿毛巾擦桌椅和柜子，擦干净之后再抬去舅舅家，就这样忙活了两个周末，总算是收拾完毕。其间舅舅也来看了几次，流露出很满意的样子。

回到家中，母亲告诉我，这段时间黑洞再没出现过。"或许是必须我们俩同时在场才能看到？"母亲试着猜测，"不应该啊，当时我也是一个人去的时候发现的呀。"我提醒道："先别着急，等这几天我们再一起去试试。"可是无论我们如何尝试，黑洞再也没有出现过。我暗自揣测：难不成这个黑洞意识到旧桥要被拆除了？确切地说，是黑洞背后的主人，也就是放置了这个通道的人——外星人也好，未来人也好，他们清楚地知道旧桥即将拆除，于是提前撤离了？我没有把这个猜测告诉母亲，无论是旧桥拆除的新闻还是舅舅家的改建计划，我都没说出来。诚如大姨所说，人不能沉溺于过去，应当向前看。但接受这一点也是需要时间的。这个黑洞的出现，或许正是某种有关时间的提示。说起时间，我想起了外公留下的那句话："人是无法穿越时间的……"外公临走之时为何要说这样一句话？这与黑洞和通道的存在会不会有着某种联系呢？

不管有没有联系，我都没有机会去验证了。往后的日子里，黑洞不再出现，我和母亲再也见不到外公了。经历了这段波折，母亲似乎比之前坚强了许多。时间是治愈悲伤最好的良药，母亲再也没有晚上一个人躲在房间里抹眼泪了，也不再整天刻意忙碌，晚饭后偶尔还会去河边公园走走，不过，不再走到旧桥那边。我感觉很高兴，也感到很幸运。在母亲最难过的那段时间，方块黑洞的出现极大地缓解了母亲的思念和悲痛，尽管它是不真实的，但在那段时间里母亲有了情感的寄托。而经过这么久的接触，母亲或多或少也感觉到了，神秘通道里的外公并不是现实存在的。然而，不管是外公的行动也好，小屋外的风景也好，都有着强烈的既视感。我敢肯定，在那里看到的场景就是过去发生过的。母亲虽然不认同这一点，但也逐渐接受了外公离去的现实。

现在母亲一到周末就回到外公家跟舅舅和大姨一起吃饭，顺便谈论着把小屋拆除重建的话题。一切似乎都回归了平静。这时的我绝不可能想到，那神秘的黑洞，会为我们带来多么珍贵的礼物。

这天吃过晚饭，母亲准备坐大姨的车回城，舅舅突然走过来，手里拿着一个铁盒子："之前收拾的柜子有一个是上了锁的，打开之后便看到了这个。"铁盒子没有上锁，外壳上贴有一张写着母亲名字的纸片。"这个应该是爸留给你的，我没看里面。"舅舅微笑着将盒子递给了母亲，但脸上的表情似乎有些僵硬。母亲仿佛没看见舅舅的心思，接过盒子，跟大姨一起走到屋里，找了个高脚凳，将盒子放在上面。我在一旁看着母亲半蹲着打开了盒子，可是却没有做出任何反应，整个人就像是陷入了静止当中。过了好一会儿，母亲的肩膀急速地颤抖起来，双手捂住脸，似乎是在强忍着没有哭出来。舅舅和大姨一脸不解地望着盒子，不明白发生了什么。我赶紧走过去，看到盒子里装着几样物品，那一瞬间，我仿佛触电一般。

两盒黄烟、一个烟筒、一副手套和一个电热水袋，全都完好无损地躺在盒子里，有如崭新的一般。盒子盖的内侧还刻有一行字：

人是无法穿越时间的，但爱可以。

英雄

作者：咏枭

一

　　纳克被处死的那天下雪了。

　　门罗遥望着远处的行刑队和刑架上的纳克，对方穿着单薄的衬衫跪在行刑台上，四十多岁的男人，却干瘦得像个稻草人。

　　纳克与门罗二人是在半个月前认识的。那是一个深夜，D区的巡逻船只在江面上捞起一个昏迷的男人，本以为只是个简单的救援工作，但当工作人员见到男人胸口的勋章时，他们才意识到这个男人来自南方那个神秘的A区。

　　自两大区的战争结束后一百多年，男人是第一个活着从A区到D区的。一夜之间，有关于这个男人的消息传遍了整个D区的互联网，各大媒体堵在医院门口争相报道，所有人都想看看这个男人长什么模样，都想听听男人讲述他所在的地区现在又是什么光景。

　　作为D区调查局的局长，门罗第一时间承担起对方的安置和调查工作。事发第二天，棘手的事情就出现了。A区代表时隔一百多年第一次给D区发来简讯，他们称这个男人为叛徒，要求立即遣返。

其实，纳克被遣返后的唯一结果就是被处决，那些曾经尝试着逃离A区的逃亡者都是这样的下场。

门罗在接到这则简讯时陷入了两难的境地，他想救下纳克，但不管他如何尝试与对方交流，纳克永远都是双眼无神地盯着窗外，一言不发。

无奈之下，他告知了纳克A区要求将他遣返的消息。

"为了拖延时间，我们跟A区解释你已经被判为入侵者，会把你放在D区处决。"门罗跟纳克解释，"他们同意了。"

见纳克依旧不说话，门罗又说道："这只能暂时保住你的性命，如果可以的话，我们可以帮你申请政治避难，身份从入侵者改为难民。但前提是你要将你在A区的生存状况讲述出来，将你所遭受的折磨讲述出来，这样我们才有一个正当的理由。"

不出意外，又是漫长的沉默。

门罗心中有些恼怒，在大部分时候他都是个性格温和的人，但他已经接连很多天来看望这个叫纳克的男人了，遭受的都是冷遇。除了姓名、年龄和职业，纳克坚决不肯再说任何一句话。

"我真的很想救你，只要你肯说出你在那个地方受到的折磨，我们就能救你。"他语气有些急促地讲道。

纳克眼神空洞地盯着窗外的树叶，眼看沟通无望，门罗叹了口气，转身准备离开。

"其实我从没有想过要来你们这里。"

忽然，纳克开口讲话了。

"什么意思？"门罗的表情又惊喜又疑惑。

纳克抬起头，盯着他的眼睛："我从来没有想过要来D区，我之所以会昏迷在江里，是因为我太饿了，我想捞点鱼，结果不小心摔进江里，所以才会被你们捞起来。"

很牵强的理由，但却让门罗陷入了长久的沉默。

他来医院劝说纳克这么多天是为了什么？就是为了能够救他，结果对方似乎并不领情。

"你确定？"

"当然。"

"我们完全可以保护你，你只要说实话就好。"

"不用了，这就是我的实话。"

门罗的怒火一下子从心中燃起。

"你是说，你从来没有想过要逃离那个地方？那个毫无自由的地方？"

"我愿意为它献出我的生命！"纳克顿了顿，又说，"就按照要求将我处决吧。"

"糊涂！你糊涂啊！"

局长大叫着，积攒了几天的怒气一下子涌上来，他一边说着脏话，一边转身用力地摔上房门。

之后的几天，又有一些人来医院尝试劝说，但结果都一样，最后都愤愤离开。

于是在两天前，纳克被蒙着头带离了医院。

纳克即将被处决的消息很快传遍了D区，民间掀起一片激愤，人们认为纳克遭到了胁迫，成了一个牺牲品，纷纷在网上请愿不要将他处决。

但这一切都是没有用的。

终于在今天，也就是纳克被救起的半个月后，纳克要被处决了。

行刑场上聚集了很多人，大家都想看看这个来自南方那个神秘的A区的男人。其中很多人举着牌子，大声高呼，高声抗议，希望用这样的方式让纳克活下来。

"我现在再给你最后一次机会，只要你把A区现在的状况讲出来，你就可以获得活的权利。"

纳克在笑，他跪在地上，用力昂着头，冷静地说道："我绝不可能出卖他们。"

行刑官蹙紧眉头，骂了一声，然后对着刑场下的群众高喊了一声："行刑！"

下一刻，在众人的惊呼声中，一柄巨大的斧子从天而降。

"A区万岁！"纳克高喊一声，在落日里，人头滚落。

．．．．．．．．．．．．

系统提示：测试人死亡，催眠结束。

二

纳克从仪器上醒来了，他睁开眼睛看到身旁一个身着黑色制服的秘密警察正严肃地看着自己。

沉默了片刻。

"教授，上面对你的表现基本满意。"秘密警察将纳克从测试仪上掇了下来。

"身为A区的人民，这是我应该做的。"

"但是有一点表现得并不算好。"

这一句话突然让纳克心跳加速，他立即将右手握拳放在自己的胸口，严肃地说道："请批评。"

"为什么你被救起醒来之后，不立即返回，而是选择一种沉默的消极态度？是禁不住D区的诱惑吗？"

"绝不是，我是想休养好身体，然后立即想办法返回南方。"

"所以你是把自己的性命看得比国家的荣誉更重要？"

"不！绝不是！对不起，我会认真反省，提高自己的觉悟。"

"说得好，犯了错误不要紧，积极改正才是有觉悟的表现，"秘密警察拍了拍纳克的肩膀，"上面看你过去的背景和经历都很不错，所以决定这次不对你进行任何处罚。"

"谢谢！我一定会再接再厉的。"

这天晚上纳克从测试中心出来时已经是深夜十一点，按照规矩，八点开始宵禁，此时的街道上除了巡逻的警察，空无一人。

纳克双手插着口袋，埋着头，默不作声地往家走。在这期间警察曾把他拦下过几次，但得知他是从测试中心回来的后，就给他放行了。

测试中心，是A区特有的机构。在测试中心里有个催眠装置，它可以随意设置场景和人物，让人的精神陷入其中，并让测试人完全相信自己身处那个环境之中。

A区之所以设置这样的东西，就是为了试探它的人民是否真的忠诚，如果纳克在刚才的测试之中表现出任何迎合北方国家的话语或者行为，他就会立即被零零一部门带走。

零零一部门是什么？纳克自己也不知道。那是个非常神秘的组织，他只知道所有被那个部门带走的人都会从这个世界上消失，任何人都不会提起他们，也不敢提起。

测试中心是在十多年前设立的。在最开始的几年里，大片大片的人从这个国家消失，纳克的哥哥就是在第一次催眠时被零零一带走的，之后再也没有回来。他们将最开始的几年称为"大清洗运动"。

为了活命，纳克必须无时无刻不表现出忠诚的模样，在最开始逃过几次后，他逐渐摸清了催眠的规律：不管从任何地方醒来，先回忆自己为什么会出现在这里。因为催眠机器或许可以欺骗人的潜意识，但却无论如何也造不出新的记忆，一旦回忆时什么都想不起来，就说明自己是被催眠了。

这么多年来，他都通过这样的方式苟活着。

回到家时已经是凌晨一点，纳克从橱柜里找了几片发硬的面包，就着一点烂生菜吃起来。他一边吃一边盯着窗外，在不远处，大片的宣传标语十分显眼地通过全息投影展示出来，然后又是宣传武器的洗脑广告，炫耀着它们具有怎样的威力。

"为什么呢？"纳克心想，"已经有那么多饿死的人了，为什么还要拿出这么多钱来做武器？"

这句话他只有在心里想想，不敢直接说出来，因为一旦被AI电子收音监听到，不出半个小时他就会被带走。曾经他有个学生，因为说了句"为什么他们不让人吃饱饭"而被带走，再也没有出现过。

吃完晚饭，纳克照例对着墙上领导者的照片敬礼，然后关紧窗户。直到现在，他一整天最重要的工作才刚刚开始。

如果说A区还有叛徒，那么纳克绝对算是头一个。这个地方为了统一所有人的思想和价值，烧毁了绝大部分的文学和哲学书籍，但纳克自己偷偷留了一部分。

大概每天凌晨两点，纳克会通过互联网用打字的方式给一部分人教哲学。其实这个地方用互联网并不自由，所有人都会被监控，但纳克用了一些手段，在暗网建立了一个网站，访问这个网站的人不算多，平均每天七八个，但纳克还是坚持给他们讲课两年多。

今天晚上纳克讲的是柏拉图的洞穴隐喻，因为打字效率太低，这堂课一共持续了一个半小时。结束后，一个新来的学生给他发来了私信。

"老师，你觉得我们真的活得很糟糕吗？"

"当然，我想我们应该思考人应当作为什么，"纳克回答，"人应该作为目的，而不是手段，更不是工具。"

"我不懂，区别在哪里？"

"当一个人成为工具，他就失去了生命的尊严。"

"原来是这样……你觉得以后会变吗？"

"我很悲观，应该不会。"

"那你在这里讲课的意义是什么？"

"总要有人知道真相吧？"

"那些知道'真相'的人，如果他们再一次被测试中心选中去催眠，又该如何面对呢？"

"我有个办法，每天醒来回忆自己为什么会在这里，如果回忆不起来的话，那么就证明你被催眠了。"纳克不断地敲击键盘，给对方讲述自己的经验。

可是，在他发完这则消息后，对方还没有回复，就显示下线了。

纳克开始还没有在意，但没过多久，一个令他毛骨悚然的声音在他身旁响起。

"是吗？"

纳克的汗毛一下子竖了起来，他立刻扭头看向房间的四处，却发现一个人都没有。

还没等他冷静下来，那个声音的下一句话令他陷入了绝望。

"那你还能不能回忆起，你是什么时候被抽中去往测试中心的？"

…………

系统提示：催眠被关闭，测试人员将退出催眠。

三

审讯室里一片漆黑，弥漫着排泄物的骚臭味和一股莫名的腐臭味。

纳克被铁链捆着双手吊了起来，鲜血与汗水顺着他赤条条的身体淌下来，滴落在地面上。

这是哪里？

这里就是零零一部门，那个神秘又令人恐惧的零零一部门。

纳克已经不记得他被抓到这里多久，自从到了零零一他就失去了对时间的概念，他只记得自己一直在被审讯。

最开始，他们在训问纳克时态度还算友好，要求他写悔过书时也让他有个坐的地方。但后来他们声称纳克的悔过书不诚恳，看不出任何觉悟，就开始扇他巴掌，叫他重新写。再往后，他们要求纳克供述出那些在他暗网上听课的学生，写出所有学生的姓名。

纳克拒绝了，于是他就开始受到严刑拷打。

不知拷打了多少个日夜，纳克全身遍布伤痕。终于，在他精神几近崩溃时，他们对他使用了测试中心的催眠。

"我们要感谢你，"囚房的门被掀开一线，一个狭窄的黑影站在囚房门口，"如果不是你，我们到现在还不知道能通过这种方式逃过催眠审查。我们刚才开会决定，从今往后所有人的催眠都会像对待你一样，经过两层测试，制造出一个梦中梦，这样就没有人能逃得掉了。"

纳克仰起头看向对方，强烈的人造白光从囚房外照射进来，他完全看不清对方的脸。

"你有什么想说的吗？"

纳克埋下头，保持了缄默。

"好好考虑考虑，把那些人的名字供出来。"

说完，对方关上了门，囚房里再次陷入黑暗。

又不知道过去了多久，一天两天还是三天五天，审讯室的门再次被打开。

"现在可以开口说了吗？"

纳克知道自己的死亡已经不可避免，所以他绝不能招供，只有这样才能争取让其他人活着。

"我说几个名字，"黑影说，"列斯、勃朗特、麦卡锡！"

"你知道他们？"纳克不敢置信地抬起头来。

"只知道一部分，要不然你以为我们是怎么抓到你的？他们比你有觉悟，从没有背叛过我们，在知道你的第一时间就向我们发来了检举信。"

纳克整个人一下子颓了下去，他想做英雄，却没想到最终让他失败的不是敌人，而是自己想要拯救的那些人。

"你再考虑一下要不要供出剩下那几个人的名字，我再给你几天时间。没关系，我们最不缺的就是时间。"

说完，那个黑影走了。

之后的几天，他们对纳克的折磨更重，他只要一闭上眼睛就会被强光照醒，他们还放进来许多老鼠，这群老鼠像是很多天没有吃过饭，通通围拢在纳克脚下啃食他的脚掌，刺骨的疼痛从脚心传来，纳克想要逃避，可是他不知道已经饿了多少天了，连站起身的力气都没有。

渐渐地，他的下肢没有了知觉。

"考虑清楚了吗？"那个黑影又来看他了。

"给我个痛快吧，"纳克哀求他，"给我个痛快！"

"你可不能死，我们要拯救你。"

"对不起，我不该那么做，"纳克带着哭腔，"求求你，给我个痛快吧。"

"那你先供出那群人的名字。"

"不，"纳克摇头，"我不能，我不能的，我真的不能，求你了。"

"你死了无所谓，但你的父母呢？你的朋友呢？还有你的那些学生呢？你不为他们考虑考虑？"

"什……什么意思？"

"我的意思是，如果你坚决不招的话，我们只能宁可错杀一千也不放过一个，这些人最后都要被处决。"

"不行，你们不能这样，他们什么都没有做……他们没做错什么。"

"他们做错了，认识你就是他们的错。"

"求你了，求你了。"纳克又哭了出来。

"我在零零一部门这么多年，来我们这里的每一个人都招供了，你也不会例外，如果你真的不想连累他们，就把那些人的名字供出来。你供出来，无辜的人就不会死，我也争取对他们宽大处理。"

纳克把头垂下来，心中的骄傲和斗志在这一刻土崩瓦解。他的皮囊像是被放了气的玩偶，一下子萎缩了起来。

"我这些天一直在做同一个梦。"纳克虚弱地说。

对方没有说话，而是盯着他。

"我梦到我们从黑暗里解脱，飞奔在一片成熟的稻田里，温暖和煦的晚风吹过，远处是勃艮第红的云彩。我们跑啊跑，跑啊跑，越来越快，最后大笑出来。"

纳克顿了顿，最终自嘲地说："但那好像只能是个梦，回到现实还是这副模样。"

"所以，你招不招？"

"我招了……招了……"

纳克一边说着，一边止不住痛哭起来。

"一共多少人？"审讯室外面的黑影冷冷地问他。

"啊，人啊，最后都会被驯服，都会被驯服的。"

"我问你一共多少人！"

"三十二。"

"姓名呢？"

"阿摩司，普一格，查尔斯……"

随着纳克一点点报出名单，系统再一次提示：测试人员招供，催眠结束。

四

"来了！来了！来了！"

实验室里科马雷开心地大叫，他研究这颗人脑已经两个多月，终于在这天晚上有了结果。

随着科马雷的惊呼，实验室里的所有人都聚拢上来。

"你们看！"科马雷指着屏幕上的信息，脸上是抑制不住的狂喜。

两个月前，零零一部门的人找到科马雷，想请他从一个刚刚死去的人脑里找寻一点信息。这个人脑曾经的主人是一个叫纳克的背叛者，他在审讯时拒绝招供，咬舌自尽。纳克的死对零零一部门来说是个很大的损失，因为他知道的信息对零零一部门来说十分重要，所以他们找到了科马雷。

科马雷是A区最顶尖的人脑教授，他一生痴迷于人脑研究。就在今年，他的一项全新技术取得了突破性的进展，能仅用人脑就让原主人在计算机中复活，从而在他们身上找到想要的信息。

"把这些人的名字记下来！"科马雷兴奋地说。

其实他心里比谁都清楚，这些被记下名字的人最终会被处决，但是科马雷完全不在乎，而是沉浸在自己取得成功的喜悦中。他只在乎自己的研究，至于研究的用途，那就是别人的事情了。

"事情处理完后，这个人脑该怎么办？"科马雷问零零一的调查人员。

"烧了吧，没什么用处了。"

"好。"科马雷点点头，毫不犹豫地按下焚毁按钮，似乎那颗人脑并不能被看作生命，而是一个可以随意丢弃的物品。

就这样，纳克的生命在这间实验室里走到了尽头，带着他的汗水、泪水与鲜血。

从今往后，这个世界的人不会有人记得，纳克为了对抗命运曾奋力反抗过。

他是英雄。

也只是英雄。

秒隙世界

作者：罗志峰

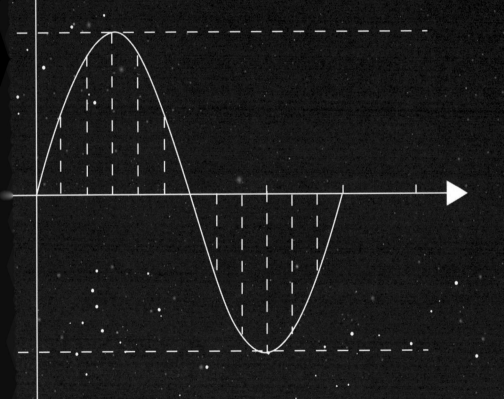

你有没有想过，你的想象和梦境一定都是假的吗？有没有可能在我们不知不觉间，这个世界被偷偷换过，而那些想象和梦境是我们在另一个世界残存的记忆……

　　前一阵子，我经常梦见同一个姑娘，那是个我在现实生活中从没见过的人。

　　在梦里，除了听不到她在说什么，其他一切都很真实。后来，我甚至白天的时候眼前还会闪现一下那个姑娘的样子。有时很短暂，有时很长。我看见她在我眼前张嘴，但一句话也听不清。

　　为此，我满心疑惑。我曾经去庙里烧过香，也去医院看过脑子，但都没有效果。

　　我越来越困惑，甚至对这个世界产生了怀疑。

　　我找来我的朋友郑畅喝酒，和他说了我的状况。

　　他说："你这种表现不是想女人了就是脑子坏掉了。"

　　我很认真地说："即便真的是脑子坏掉也是相对于正常人而言，但是'正常'本身真的可靠吗？你觉得这个世界是因为它存在而被我们感知，还是因为我们有感知它才存在呢？无论是哪种，在这个客观世界成为你认识的世界的过程中，多少都掺杂着你的主观感受，你同意吗？

"因为有人的主观感受在，这个世界在一万个人眼里就会有一万种样子，而真正的客观世界藏在这一万种样子之中，但并不一定是大多数人所感知到的样子。比如这个世界有色盲，人们认为那是一种病，但是谁能肯定真实的客观世界不是色盲眼中的世界呢？只是这个世界将大多数人的所见定义为'正常'，少数人的被定义为'不正常'，所以才有'色盲是病'一说。

"那有没有可能，有一个更庞大的世界，它隐藏在我们能感受到的世界之外，而只有少数人因为阴差阳错拥有了独特的感官——类似色盲，所以偶尔能感知到？这本来是聆听更广大世界的通道，但是人们却因为对于'正常'的执念而发明药物阻隔这种感官。从某种程度上说，这难道不是人类的自残吗？"

郑畅听我说完，沉默了一会儿，说："你就是不想承认你有病。要真是像你说的那样，你怎么解释她只在你梦里出现这件事？"

我说："很简单。人眨眼的频率大概是五秒一次，你上厕所的频率大概是两小时一次……"

"你想说啥？"

"我想说，这个世界上很多东西的出现都有周期。"

"你的意思是，你觉得你在梦里看到的是一个周期性存在的世界？"

"没错！"

我放下酒，蘸着水在桌面上画了个正弦曲线，说："其实，我怀疑整个世界都是类似正弦曲线一样存在的，到了某个节点，位于正轴的世界和位于负轴的世界相互交换。而我猜测，人的存在本身也有其周期性——就比如我们，你没见我的时候，怎么知道我一定在这个世界上存在呢？有可能在我们不见面的这段时间里，我们实际是在两个世界！”

他说："我当然知道你在，你一天在朋友圈点八百个赞。"

我说："你能肯定那些赞就是你看到的这个我点的吗？"

他说："我肯定啊，别人谁能这么无聊啊？"

我说："滚，别打断我！就算是我点的，也可能是因为两个世界的网是相通的。人也有自己的周期，有的人因为自身的周期和他所处世界的周期无法同步，所以他会进入另一个世界。"我在刚刚的正弦曲线旁边又画了个周期更短的正弦曲线。

郑畅满怀伤感地说："唉，周期，我要是能记得我女朋友的周期，也不至于……"

我拿筷子打得他连连讨饶。

郑畅拍着手说："兄弟，牛！你生是用初中数学知识扯出诺贝尔奖的感觉来了。"

一个月之后，我正在图书馆看书，忽然眼前一阵眩晕，再一睁眼时，一个女孩儿坐在了对面。我仔细一看，这不是出现在我梦中的那个人吗？

我使劲掐自己，很痛。我确信这不是梦。

她在我眼前挥挥手，说你好，我也迟疑着回应，她兴奋地喊道："太好了，成功了！你听到我说话了！"

刚说完这句话她就消失了，但很快她又出现在我眼前，她说："时间关系，我快速跟你说一下发生了什么。首先，我要告诉你，这宇宙间有很多世界，它们都是周期性存在的……"

我听到这句话感觉很熟悉，简直热血沸腾。如果眼前这个人不是我脑子里的幻觉，那么我可能先于所有人看透了这个世界的真相。

她继续说："感觉很熟悉是吧，其实我们在你的梦里植入过这样的知识，但很少。为了方便你做接下来的事，我再详细跟你说说。

"世界是周期性存在的，你们之所以能在这个世界上生存，是因为与这个世界具有相同的频率。这样解释吧，宇宙像你们看过的电视，不同的世界是不同的频道。而我，来自以另一个频率出现的世界，翻译成你们的语言叫作'秒隙世界'。

"你们这个世界中日常用的最小时间单位——秒与秒之间是不连贯的，存在微小的罅隙，这微小的罅隙正是由于你们世界的周期性而产生的。而我们的世界正好是以这罅隙为周期的世界。

"我们两个世界是息息相关的，是此消彼长的关系，几亿年来一向如此。除去我们按照自己的频率恒频出现和消失外，我们还共用一些同时适用于两个世界的变频的东西，比如空气，以及一些电磁波等。但是，最近你们世界的周期在缩短，想必你也看过一条新闻，地球一天的自转时间缩短了1.4062毫秒。这对于你们来说微不足道，但对于秒隙世界，却是灭顶之灾！

"首先，我们交替出现的周期间产生了空白，但空气还以原有的规律按照两个世界的频率进行转换，这就导致秒隙世界有一段时间是完全没有空气的！你知道这有多可怕！

"当然，我们世界的研究者改变了一部分空气的频率，我们叫它改造气，虽然在一定程度上解决了没有空气的问题，但这并非长久之计。你知道一个世界的物质必须是守恒的，这是科学的规律，也是一个世界能存在的必要条件。我们在使用改造气的时候遇到了正常空气的涌入，因为世界的空间有限，改造气作为这个世界份额之外的事物占据了原有的空间，所以产生了分子拥挤、竞位，最后导致爆炸发生（这里面的一些名词是我们那个世界的，你可能现在还不懂，不过我来不及解释了）。

"这还只是局部的爆炸。因为你们这个世界现在正在调整新的频率，所以还只是存在的周期缩短，消失的周期延长，这让我们两个的世界不会存在重叠现象。但是，这种局面不会长久，一旦你们的世界消失频率也缩短后，我们必然产生重叠，到那时我们两个世界将拥挤在一起，而像刚才我说的爆炸会成万倍地发生！

"如果我们能逃过这一劫，我会再来详细跟你说。这是我们世界刚刚投入测试的变频影像，只能维持这么久了。下次再见。"

这个女孩儿说话的时候时而出现时而消失，当说完"下次再见"后就彻底消失不见了。我既兴奋又失望、恐慌且充满疑惑。兴奋的是我得知了另一个世界的存在；失望的是我之所以知道，是因为她在我的梦里植入过这些知识，原来这并不是我自己猜想到的；恐慌的是女孩儿提到的爆炸，如果她所言为真，那将是世界末日！疑惑的是，为什么他们要找到我呢？我有什么特别的地方呢？而且刚刚在图书馆那么安静的地方，她说话那么大声、影像那么清楚，怎么会没人注意到呢？这不会又是我的幻觉吧！难道我真的脑子有病吗？这样想来，我刚刚的兴奋瞬间削减了大半。

到了第二天，我正在操场上跑步，那个女孩儿又出现在我眼前。我这次不等她说话就立刻提出了我的疑问："你既然来自别的世界，为什么看起来和人类一样？为什么别人都看不到你，只有我看得到？这么重要的事，为什么找到我？我又能做什么呢？"

她答："我看起来像人类，是因为我们的生物性和人类相似，不同的只是存在的频率。我们选中你有两点原因。的确，你很普通，比你智商高的人比比皆是，比你体力好的也大有人在，但你存在的频率和我们要找的人是相符的。"

"我的频率？"

"是的，简单来说，你存在的周期会比一般人延迟几万分之一微秒，用你们的话通俗地说，叫慢半拍。"

听完这句话我翻了个大白眼，心想你爱找谁找谁去吧，我不干了。

"其实，还有很多和你频率类似的人，但是我们在你们的梦里投放试验信号之后，只有少数人相信了，而你是其中最笃信的那个。"

这话听着像夸我，但又像在骂我。我总觉得他们的套路和骗子很像，广撒网发出诈骗信息，然后重点捕捞起天真的愿意上当的"傻鱼"。

"相信很重要，因为往后你要经历更离谱的事，只有愿意相信才能全力投入。而这个世界的真相往往藏在这些离谱的事中。李普，你就是我们要找的救世主。"

说到这儿，我看见她眼中泛起光芒，里面满是诚恳和希望。直到此时，我才为自己被选中感到一丝自豪和责任感。

"至于为什么只有你能看到我，这就要继续向你科普秒隙世界的知识了。我们自身既是发射信号的源头，也是接收信号的'装置'。在同一个世界的所有人和事物大多都是同频的，所以你们会彼此看见、听见对方；而不同世界的人想要做到同样的事，则需要改变自身发射信号的频率。刚刚我说了，你存在的周期滞后于很多人几万分之一微秒，我们就是根据你这个特别的周期调整的频率。"

我大概听懂了她的意思，这就类似于用对讲机交谈时调整到统一的频道。

"现在我告诉你，你能做什么。在你们的世界和秒隙世界之间出现了一片空白世界，秒隙世界的专家已经发明出了变频器，你需要在你的世界按照图纸进行拼装，然后送往那个空白世界。只有这样才能改变两个世界的频率，让空白世界消失。"

我听到这儿又一头雾水了。"为什么你们自己不去送啊？你们不是可以调整频率吗？"

她摇了摇头，说："我们现在能自由调整频率的东西就只有空气、影像和声音，至于实体，能调节的范围很狭小。而那个空白世界在同一个周期内是先于秒隙世界出现的，现在发现的生物里还只有周期滞后的，没有周期超前的。而要滞后到下一个周期里空白世界的出现，则需要跨过整个你们世界存在的时间，这根本就不可能实现。既然你们的世界先于空白世界存在，而你又具有滞后的周期，所以这个任务……"

"等一下，你们不都发明改变宇宙频率的机器了吗？怎么人的实体却不能自由改变呢？"

女孩儿叹了口气，说："这就相当于你们的世界可以实现载人航天，可以送卫星上天，可以在月背登陆，但却没法把火箭的运输技术运用在快递和私人交通工具上。把大的东西做得生活化、普遍化也需要功夫，我们未来一定可以实现，但现在来不及了。我们的变频器主要是放置在空白世界中，通过不断压缩空白世界的存在周期来改变我们两个世界的周期的，存在一定毁灭性，只不过那里目前是空白的，所以我们不称其为毁灭罢了。"

我听明白了她的话，但疑惑又随之产生——载人航天、月背登陆、快递？"你怎么对我的世界这么了解？"

"我说过，我们两个世界之间的电磁波是相通的，我们通过电磁波获悉了你们世界的消息。好了，说了这么多你也大概明白了，如果再有疑惑，以后我会随时出现为你解答，现在最重要的是这个，"她掏出了几张图纸，"你要尽快把它组装出来。"

我看着那些图纸，脑袋发蒙。在我学的所有科目里，工程制图的成绩是最烂的，所以我的看图能力有限；另外，我从小就不喜欢动手，像积木、拼图之类的东西，我从来就不感冒，这下冷不丁甩给我一个超大版的积木，我根本搞不定啊。

"你可以找加工厂进行加工。"

我略一沉思，说："你可能还是不了解我的世界，在我的世界做这些需要……"

"钱。这个我已经提前想到了。"

"你去最近的一家彩票站。"她向我发出指示。

我照她说的做，期待又充满怀疑地走进一家彩票站。"到了，我买哪个号？"

"什么呀。我又不是预言家。你去柜台，买左数第二列那张十元钱的蓝色刮刮乐。"

我照她说的买了，怀着期待的心情刮开，结果只中了二十块钱。

"靠不靠谱啊！这十块十块地挣，等我凑够了钱，世界早就毁灭了。"

"你先别急，大奖在那张绿色的二十块钱刮刮乐里，我是看到你的兜里就只有十块钱，所以先让你凑够二十块。"

"什么鬼，你看得到我裤兜里的东西？那你难道看不到我的微信余额吗？"过了一会儿我突然又想到什么，"你能看穿我的裤兜，那岂不是也能看穿我的裤子……"

"想什么美事呢？赶紧的，别啰唆。"

老板看着我，来回打量，我这才意识到别人是看不到那个女孩儿的，我在他的眼里是个自言自语的神经病。这时我灵机一动，侧过身，假装从耳朵里掏出东西装进口袋，让人以为我在取蓝牙耳机。老板果然神色正常了。

我买了那张刮刮乐，结果真如那女孩儿所说，我中了大奖！四十万！

"怎么做到的？"

"对于我们来说很简单，刮刮乐之所以看不到涂层后的数字，就是因为涂层和后面的数字传递的频率相同，而我们只要改变两种影像存在的频率，看到数字就轻而易举了。"

听她说完这些，我仿佛听见了人民币向我招手的声音，一个念头在我心中悄悄萌生。

很快，我就联系了几家最好的加工厂。付完定金之后，离加工完成还有一段时间，趁此机会，我以"加工可能还需要钱"为由说服了那个女孩儿完成我的心愿——去澳门豪赌一场。

　　我在澳门不玩别的，只玩猜大小，骰盅盖住的骰子点数每次都能被我说中。为了掩人耳目，其间我还故意输了两把，而即便是这样，澳门之行结束之后我所挣的钱也够我花一辈子了。

　　但是人穷惯了就容易没有安全感。我觉得这样还不够，于是带着那个女孩儿去赌石。有她的帮助，当然每一次都能买中上乘的玉石。为了盛放那些玉石，我专门买了一座别墅。

　　一切都安排妥当了之后我就等着机器加工完成，然后去拯救世界，但是，又出问题了。

　　加工厂老板操着上海口音跟我说："你们这个机器伐好加工的啦，有个零件很难加工的啦。"

　　我说："直说吧，加多少钱。"

　　老板吞吞吐吐地说："伐四（是）的，四（是）你们这个材料，师傅们都没有听说过的呀，不过，你确实应该加点钱的啦，你……"

　　那个材料我此前也没有听说过，于是在那个女孩儿出现时，我向她说明了情况。

　　"隙石，很重要的传导材料，是这个变频器的关键部分。是我疏忽了。"

　　我们都陷入了沉默。

　　"那现在怎么办？"

　　"现在只好拿相近的东西试一试了。我记得前两天你买过一块玉石，翠绿的……"

她说的那块玉石是我最满意的，但是事关整个世界，也不能在乎一块玉石了，况且留得青山在，不怕没柴烧，往后还有机会。

用玉石代替隙石后，机器勉强完工了。

"接下来，就是最重要的一步了。你试试按下那边那个绿色的按钮，按下后就能慢慢地调整存在频率，不过，这个过程需要时间，没办法……"

她话还没说完，我就按下了那个按钮，很快，我眼前的一切就消失了，只有那个女孩儿的影像留在我身边。

"怎么会？你来到了空白世界，而且，只用一次就把自己的频率调整得和这个世界完全契合了！这在我们实验的时候是从来没有出现过的！难道……"

而这时，我被眼前出现的壮观景象迷住了。我飘浮在一片茫茫无边的空间里，这个世界不断变换着五颜六色的光，星云凝结成片——一个宇宙正在胚胎之中。

"难道是因为把材料换成了玉石？"

我看呆了，完全忘了来这里的任务，也完全没在意她说的话。

"我们的世界会马上到末日吗？"

听见我这么说，她似乎有点吃惊："啊？哦，其实，也不会那么快。"

"那，变频器的能源会维持多久？"

"在这里，整个世界都是它的能源，直到这个世界消失。"

"好，那我想在这里待一会儿，好好看看这个世界。"

她沉默了一会儿，说："可以啊。其实，我也想这样做很久了。我可以陪着你。”

“陪着我？哦，你现在就在这样做。”

“不是的，我是说，实体。”

“你不是说实体不能……”

“你解决了我们最大的技术瓶颈，实际上，你现在可以让任何人和事物出现在你眼前了。”

我按照她的指示按了几个按钮，果然，她出现在了我的眼前。她本人比影像中还要美丽，大大的眼睛，白皙的皮肤。她笑着冲我打招呼。

我趁机把我的别墅也变换到这里，连带着别墅里所有的食物和我的玉石。

“你想在这里安家吗？”她笑着说。

“可以啊。只要有一个漂亮的女孩儿肯陪我。”

她笑笑不说话，然后推推我指着远处说：“你看那片星云。”

“很美。”

“是吧。宇宙的初始原来这么漂亮。”

“不，我是说你的脸。”

女孩儿竟然脸红起来。

我拉着她走进别墅，坐在沙发上，为了更方便地观看这个世界，我把整面墙都变消失了。

“其实，在你没看见我之前，我就已经在观察你了，”她说，“在所有观察的样本里，你最特别。”

“怎么特别？”

“怎么说呢，还是‘相信’。你有着其他人没有的东西 —— 原始的想象力和求索的愿望。你们这个世界的人敬畏心很重，这是好事，但很多时候也让他们放弃了很多可能性。"

我静静地听她说完，对她的认可表示感谢。

"我喜欢你这样。"她转过头忽闪着大眼睛，很真诚地对我说。

我看着她的脸，慢慢朝她靠近。屋外，五颜六色的光依旧闪烁，星云还在不断酝酿。

我们在那里待到时针转过了十圈后，她跟我说："我想我们该走了。"

"是世界要毁灭了吗？"

"不，比毁灭更可怕，是我们再待下去就会爱上这里。而依恋一旦建立再毁掉，是比毁灭世界更恐怖的事，那是真正的末日。"

"可是我已经爱上这里了。"

"那我真的很同情你，无论如何，你和你爱的世界都有一个要毁灭了。"

说完，她走到机器面前快速地按了几个按钮，没有再给我反应的机会。等我回过神来才意识到，她一开始说要陪我，可能就是在预防我会犹豫。

我们和别墅同时回到了原本的世界。街道上有个扫地的大爷看到凭空出现的我们后扇了自己两个耳光，然后扔掉扫帚哭着跑开，边跑边喊："老婆子啊，给我准备后事吧！我大白天的见鬼了，怕是活不长了呀！"

"我们可能要说再见了。"

"这么快吗？"

"我怕待久了我也会爱上这里。依恋异世界对我来说总归不太安全。"

我沉默着不说话了。

"那你怎么回去？是需要我再造一个变频器吗？这样的话还需要一段时间。不如，你陪我到处走走吧。说实话，我虽然活在这个世界上，但见到的太少了。"

她考虑了一下，终于点了点头。

于是在等变频器完工的时间里，我带她去了很多以前从没去过的地方。我们玩得很开心，但我总能在她的脸上看到一丝落寞。那种落寞我曾在空白世界消失在我们眼前时，在她的脸上看到过。

时间最调皮，你越想它慢，它越是飞快。不久，变频器就造好了。

她站在变频器前，跟我说："临走前，能送我个礼物吗？"

我猜到她是想要一块玉石，于是亲自挑选了一块最好最大的拿到她面前。她的眼睛湿润了。我不明白她为什么会这么伤感，虽然我面对分别也难过，但我知道这不是生离死别，只要有变频器在，我们还有机会相聚。

而这时，她拉住我的胳膊，快速按下了变频器的按钮。我眼前的场景随之消失了，只剩下那个女孩儿。

"对不起，这是我们的世界给我的任务，要消失的不只是空白世界。我没法救你的世界，我只能救你。"

那一刻，我整个人都蒙了。而下一刻，我的眼前出现了一些穿着银色服装的人，一个戴着头盔的人叽里咕噜说了几句我听不懂的话，然后一挥手，那些银衣服就架起我的双臂，擒住了我。

我看见了一块一面墙那么大的屏幕，屏幕分成三部分，一部分投影着我家，另一部分投影着无数的星云，还有一部分投影的地方我从没见过。那里的天空呈淡紫色，有着粉色的云朵。地上有一排又一排圆形的建筑，像是一个又一个的表盘。那块屏幕的中心位置有一个巨大的雕塑，是钟表的表针，时针和分针呈三十度角分别指向左和右，秒针直直地立在中心。

那个女孩儿在对着戴头盔的人大声说话，但戴头盔的人根本不理她，一挥手，旁边的人也拖住了她。

"或许你不懂，我们为什么这么做，"我听到那个戴头盔的人发出沉闷的声音，"长久以来，你们作为高频世界的生物，一直享有主动权，你们的任何一点举动都会影响到我们，而你们却并不以为意，也不珍惜身处高频世界的幸运，反而大肆破坏——你们把核废水排向海洋，肆意发动战争……"

"你说得对。"

"什么？"他对我的表现感到诧异。

"我说，你是对的。这个世界有人利用强权掠夺别人的资源，有人为了一己私利不顾环境污染，这样下去整个世界早晚会毁在这些人手里。所以，我决定了，我还不如弃暗投明，帮助你们。"

在场的人有的很吃惊，有的面露鄙夷。

戴头盔的人笑了，说："大局已定，不需要你帮助。"

"难道，你们就对玉石不感兴趣吗？这种异世界的东西，你们有人比我更了解吗？"

"我在你们的电磁波里获悉了你们世界的所有知识，不必劳烦你了。"

"你留着我早晚会有用的。"

"哦？原来，你是怕我们会杀了你。哈哈哈，你放心。你作为异世界生物，有很大的研究价值，我不会这么快杀了你的。虽然，我们的生物性相近，但是你身上'慢半拍'的特性还是很有研究价值的。"

旁边的银衣服们似乎都听懂了"慢半拍"的讽刺，哈哈大笑。

而那个女孩儿还在挣扎着，怒吼着。

我并不生气，反而长舒了一口气。我看着腕上的手表，静静地等待着某个时刻的到来。

时针转过了一圈，终于，大屏幕上我家里那台变频器的灯闪了一下，随后，我和那女孩儿以及那块玉石全都重新回到了家里。

她诧异地看着我，随后神情复杂，有疑惑，有如释重负，也有愧疚。

其实，我早就看出那女孩儿不对劲，不过我没猜到会是这么不对劲，我只是以为她这一去就再也不回来了。为了防止这样的事情发生，我让加工厂的老板在变频器上加了一样东西——延时继电器。只要按下改变频率的按钮，就会同时触发连接着恢复频率按钮的继电器，时间一到，频率就会自动恢复。这样，无论如何她都会重新回到我身边。只是没想到，这个想法救了我的命，也救了这个世界。

我问她："如果我说我能原谅你，你可以留在这个世界陪我吗？"

她的眼神里重新又充满了落寞，摇了摇头。"换你你会吗？"

"我……"

"会的话，我们可以立马回去。"

我沉默了，我们都知道，自己不会留在彼此的世界。

"那如果我送你回去，你还会重新和你的世界一起完成之前那种任务吗？"

"呵。认识这么久，你知道我叫什么名字吗？"

她在这个时候说这句话，让我感觉莫名其妙。然而同时我也意识到，这个我总是梦到的、陪我去过另一个世界的、陪着我在这个世界到处游玩的女孩儿，我一点也不了解她，甚至连她的名字都不知道。

"那你叫什么名字？"

"依然！"

我明白了她为什么要在这个时候告诉我她的名字。

"很固执的名字。希望，我们以后永远不要再见面。"我装作很平静，没人知道，我说这句话时有多么痛苦。

我按下了变频器的按钮，这次，关掉了延时继电器。

几个月后，我和郑畅躺在我家沙发上，他看着巨大的别墅说："李普，我还是不敢相信你变得这么有钱的事实。买个彩票就中了这么大的奖？"

"你应该学会相信。这个世界有很多离谱的事，而真相就藏在这些离谱之中。"

"你说话我是越来越听不懂了 —— 那你干吗装修成这样啊？"

四面的墙都是黑的，这屋里的光又闪得五颜六色的，不知道的还以为是夜店呢。你这装修风格有名字吗？"

"有啊。叫空白。"

"啥？一堆黑不溜秋的墙你管它叫空白？你真行。还有，那边怎么一整面墙都画着个女人啊？这难道不耽误你泡妞吗？她到底是谁呀？"

我想了一下，说："末日。"

大厦孤立于雪原之上

作者：五月羽毛

一

"对，吸气……呼气，再吸气，你没有必要把肺里的空气都挤出来，只要你自己觉得舒服就行，对，就是这样，感受身体的节奏。记住这个节奏，永远不要忘记，只要离开大厦，这个工作就要一直持续。"

身穿厚重大衣的女孩儿半蹲在博迪面前，她的神情很认真，嘴角挂着亲和的微笑。她面前的男人跪坐在雪地当中，一层雪白的霜在他脸上凝结，周围很冷，没多久雪就已经没过了两人的靴子，茫茫大雪之中两人就像是空白世界中的两个小点，除此之外什么也没有。他们如此专注……仅仅是在学习一件世界上最简单的事情。

呼吸。

"等等，这个……奇怪的运动，要一直进行下去吗？"博迪勉强掌握了呼吸的方法，虽然他的节奏很凌乱，感觉就像是一个在陆地上溺水的人。

"我刚刚说了，只要离开大厦，你就要一直保持呼吸，一刻也不能停止，要不然你就会被憋死。"艾希回答道。

"一直？睡觉、走路、思考的时候也要这样吗？那我除了呼吸以外什么也干不了了。"博迪感受到世界崩塌般的绝望感，出来之前可没人告诉他这件事。

"你会习惯的，慢慢地你就不会在意它的存在了，就像你的心跳一样，不用特意控制。"艾希说道。

"我的手脚传导有点缓慢，延迟太高了。"博迪不断重复着呼吸的动作，他的手老是习惯性地触碰耳朵。

那是大厦世界每个居民都习惯的动作，耳朵后面就是命令开关，打开它你就能做到你想做的一切：改变温度、饱餐一顿、改变服饰和天空的颜色、让一栋大楼拔地而起，甚至一瞬间去到其他星球旅行。只要是在大厦中，一切皆可为。毕竟在两个世纪以前，人类就已经在安默拉的指引下拥有了整个宇宙——一个用量子计算机模拟出来的真实宇宙。现实世界中有的，宇宙里面都会完美呈现出来，如果你想，甚至可以在黑洞视界漫步，然后打开引力模拟开关，体验一点点落入引力深渊的感觉。

当然，之后你也不会死，在大厦的世界中没有人会死去，除非你变成了异常个体，被安默拉清除。

"你只是冷了，现实世界可不会随你心意改变。"艾希从自己的背包里取出另一件大衣披在对方身上，博迪从安装仓出来之后，身上只有一件几乎没有厚度的紧身衣。大厦可是建立在西伯利亚平原上，虽然不是最冷的时候，但这种程度的大雪也足够把人冻僵了。

"我们要怎么去检查站？让我走过去的话我会死的，我没办法一边呼吸一边走路。"博迪试着在大雪中站起来，但本来就不听使唤的双脚碰上柔软的雪地更是雪上加霜。

"用这个。"艾希把手指放在嘴唇边用力吹气，发出一声尖锐的哨响。

口哨声在空旷无垠的雪原上回荡着，不一会儿远处传来了同样尖锐的声音，仿佛是在回应她的呼唤。那声音越来越近，最后两人听到了一阵急促无比的脚步声。

三个硕大的黑色身影从雪幕之外冲进来，博迪被吓了一跳，身体一仰躺倒在雪地当中。那几个毛茸茸的怪物扑到他身上，口中散发出腥臭的味道，还把黏糊糊的东西滴到他脸上，博迪感觉自己的皮肤都要被腐蚀了。

外面的世界果然太危险了，才离开大厦不到十分钟他就已经要丧命于此了……

"别害怕，它们是来接我们的。"艾希伸出手摸了摸那些毛茸茸的四足生物，三只生物亲昵地在她身边打转。

"这是……狗？"博迪惊讶道，大厦之外已经没有其他生物了，地球表面是一片没有生机的荒原，所以人类才会进入大厦之中。

"对呀，有什么奇怪的吗？"

"你擅自用生物打印技术制造这种东西！这是违反大厦宪法的……"博迪伸出手碰自己的耳朵，他下意识连接大厦思维，想在上百万条法规中找到自己想说的那一条，当然，没有任何东西回应他。

"得了吧，没有它们，在冰原上寸步难行，上来吧。"艾希叹了口气，脸上带着奇怪的笑，一把将博迪拽上雪橇。

又是一声尖锐的口哨声，三只黑白相间的阿拉斯加犬齐齐拉动雪橇，撞进远方白茫茫的世界当中，冰刀摩擦着雪下的冰面发出有节律的沙沙声，博迪应和着那声音，慢慢习惯了大口呼吸。他的喉咙很疼，冰冷的空气像小刀一样划过他的嗓子和气管……

这就是痛吗？博迪从未有过这样的感受，在大厦中是感受不到痛的，安默拉设计大厦的初衷就是让人类感受到幸福，而不是让人类社会进步。开玩笑，人类已经拥有一模一样的整个宇宙了，为什么还要进步？让自己永远过得幸福，不就是人类最大的理想吗？

想着想着走神了，博迪突然忘记了呼吸，差点把自己憋死之际，他剧烈地咳嗽了起来。旁边拉着缰绳的艾希忍不住笑出了声，她望向前方，哼唱起一首歌，博迪听不清歌词，但那曲调仿佛和这冰雪世界融为一体。雪也是有声音的，在那呼啸的狂风之中仔细感受，就能听到一种令人内心宁静的声响，像是放慢了无数倍的雨声。

远方的山脉后面露出一角金灿灿的光斑，像是天空被撕开的一道裂痕，初升的旭日将冰面染成了金色，漫天的雪也化成了飘舞不息的金箔。在艾希悠扬又模糊的歌声中，太阳越升越高，耀目的强光照得人睁不开眼睛，博迪感受到了愉悦，也感受到了痛苦……他感受到了真实……

二

"对不起，我忘记给你护目镜了……我真不是故意的。"艾希挠着头抱歉地笑着。

"无论怎样，我终于到这个鬼地方了。只有十五天，希望我能活到那个时候。"博迪紧紧抱着被子不住打战。他的眼睛还有些红肿，来这儿的路上他得了雪盲症，刚刚离开大厦的他就像是一个初生的婴儿，一直到眼睛疼得受不了他也没有闭上眼。

"确切来说是三周，我还需要几天培训你适应这副身体，你这个样子可没办法工作。"

"天哪……"

"吃东西吧，别按你的耳朵了，赶紧把这习惯改了吧。"艾希一看到博迪的下意识动作就有些不悦，把一盘食物扔到他面前。

博迪盯着面前的盘子，迟迟不动。

"炸牛扒肉、薯条和沙粒，高热量食物能帮你快速恢复体力，等等我给你倒一杯热咖啡。"

"我怎么知道这里面有多少热量呢？万一我吃的超过了我所需的量怎么办？"

"那就超过呗，堆积脂肪能避免你冻死，至少能支撑到我去救你。"

"可这是不对的。之前你说呼吸的时候我就想问你，我不知道每次要呼吸多少，我现在一直都在胡乱呼吸，没有一个标准的定值。"博迪情绪很激动，他感觉自己现在就像一条离开水的鱼，从数据的海洋中被捞出来，他现在简直无法生存。在大厦里的时候，安默拉每时每刻都会告诉他们精准无比的数据。

"没有人会管你，你想怎么样都可以。"艾希耸了耸肩，之后她也不管博迪的胡言乱语了，优雅地走到角落里拿起一本书，坐在窗台上看了起来。她戴上了耳机，博迪不管说什么她都不回答。

博迪饿得不行，谨慎地尝了两口之后就痛快地吃了起来，最后把盘子舔得干干净净。他不是个享受派，尽管在大厦里你可以关掉自己饱腹的感受，无止境地进食美味，但博迪很少这么干。他更像是一个工作狂，把大把的时间都贡献在岗位上。

如今的人类文明已经不需要什么工作了，维护大厦的工作都由机器来完成。安默拉操控着无以计数的无人器械日夜不息地维修大厦，它们能自主开采矿石、冶炼、制造零件，什么都不需要人类操心。科研工作也很久没有人去做了，因为无论你研究出什么，在无所不有的大厦中都派不上用场。人文科学也在上次大战后停滞了，安默拉能够创造出你想要看的一切艺术作品，无论是文字、绘画还是电影。人文岗位或许只剩下一个了——造梦师。

造梦师负责编撰巨大而美好的梦境，分享给其他大厦居民，任何风格的梦境都有，甚至还有专门制造噩梦的造梦师。

博迪吃完饭后终于暖和了一些，他开始打量这间屋子。这是一个建立在雪原上的观察站，负责检查大厦运行的情况。每年都会有人被装进克隆的身体里来到这里工作，避免安默拉的盲区发现不了的问题。这些人被称为"哨兵"，或者"守夜人"。当然，这个工作没有什么意义，几个世纪以来，安默拉都没有出现过任何问题。

这一次博迪被选中参加哨兵的工作，这也是他一辈子最倒霉的事情。

从观察站的窗户外还能看到远方的大厦，它是人类科技最伟大的结晶，也是文明的尽头。那栋黑黝黝的巨型建筑静静地屹立在雪地当中，无数的黑点在上面舞动着，那都是负责维护的无人机，它们最大的有数千米长，宛如一座飞行航母。而大厦本身更是一个庞然大物，它有两座珠穆朗玛峰叠加在一起那么高。它是一座永不动摇的堡垒，一座无比恢宏的纪念碑，纪念着从二十万年前走出非洲大陆开始，人类的所有文明与科技积淀。

博迪双手合十，如同一个虔诚的信徒一般遥望着大厦，然后他又被雪盲症弄得睁不开眼睛。

"好不容易都出来了，还要一直看吗？"艾希翻动着书页，头也不抬地说道。

"它很美，不是吗？"博迪反问。

"我觉得很丑，雪原很美，但大厦就像是一个金属肿瘤，扎根在这片大地上。"艾希感叹道，"我们把一切都搞砸了，最后让自己永远活在一个美梦里。"

"你这是在玷污无数前人留下的伟大成果！"博迪走了过去，然后他才看到艾希手上的那本书——《十九世纪艺术史》。

"你在看什么？"博迪的反应和一开始见到那三只大狗时一样，这个女人简直是个疯子，她在毫无忌惮地触碰禁忌。

"如你所见。"

"这是禁忌！所有的历史都是禁忌！因为历史才引发了那场可怕的战争，你已经忘记了吗？"博迪大惊失色，如同《呐喊》[1]

---

1 挪威画家蒙克的表现主义名画。

中的那个人一样双手抱头张大了嘴。

"不是忘记，而是我压根就没有参与。我在这里已经待了八十年了，你们自相残杀的时候我只是在这里喝咖啡。"艾希没有说谎，她一张脸庞依然如少女一般也很正常，有了基因改造技术，人类的克隆肉体衰老得很慢。

博迪所说的战争是大厦之战。一开始大厦并不是由安默拉控制的，而是由上百名创始人组成的理事会管控，这些最高层拥有生杀大权，只需要一个命令就可以杀死任意一个大厦公民，且不需要任何借口。因为恐惧和不安，大厦公民逐渐无法忍受这种管控，他们掀起了反抗理事会的战争，彻底推翻了属于旧世界的一切制度。人民创造了安默拉，一个永远理智、永远忠诚的人工智能，让它处理一切。从这里开始，大厦才算是真正建完了。

"历史已经是过去的事情了，往后看是错误的，你这是反大厦的意识形态！"博迪控诉道。

"但是……我们也没有往前看，不是吗？"艾希并不生气，每年出来的人都跟她合不来，她已经习惯了，"睡一觉吧，就跟你不用在乎卡路里和呼吸的量一样，你也不用在乎这些。"

女人拍了拍博迪的肩膀便走出了门，博迪在后面叫住了她。

"到底为什么？"博迪不理解，为什么有人能放弃大厦里面无所不有的生活，跑到现实中来受罪，"你到底想要什么？"

"你刚刚说了禁忌，也许就是禁忌吧。"艾希耸了耸肩道，"什么东西成为禁忌的时候，它就拥有了非凡的美。一支烟，一杯酒，一本书……一个吻，一场轰轰烈烈的爱。"

窗外的大雪依旧没有停，它仿佛永远不会停。雪中的大厦像一个缄默的巨人，一言不发。无人机正一点点把冻结的冰壳从顶部推下来，一道道裂痕在冰面上延展开来……

三

奇怪的女人。

这是博迪对艾希的第一印象，也是一直持续到现在的印象。他已经在大厦外度过一周时间了，完成了非常了不得的工作……适应呼吸和学会走路，还有使用一些简单的工具。

那个女人后来不怎么理会他，她一天中大部分时候都在读书和画画，剩下的时间就是陪那几只雪橇犬玩闹。她读的东西很多，画的也很多，她有整整一仓库的书，画则挂满了整个观察站。她什么都读，历史、文学、传记，甚至是一些旧时代的杂志和报纸；她也什么都画，人物、风景，还有一些完全就是胡乱涂抹的色彩。

这样的人确实和大厦格格不入，就像是二十一世纪的人看到一个痴迷于石器和壁画的毛人一样。

习惯了使用身体之后，博迪开始了自己的工作。他巴不得一天之内把它们全部完成，这当然是不可能的。驯服那几头古怪的动物可不容易，每次驾驶雪橇出去，博迪都要费上不少工夫。

每天他都会去检查大厦周围的脑塔，那是数百座围绕在大厦周围的尖顶巨塔，和黑色的大厦不同，那些脑塔都是纯白色的，它们几乎融入雪地当中，如果没有定位还真不好发现。

每座脑塔中都有数千万个运算子，每一个运算子都是安默拉克隆出来的人类大脑，它们生来就只有一个用途——提供算力。数千万个大脑被串联起来，处理着源源不断从大厦中传来的数据。

每有一个大厦内的公民按动自己的耳朵，数据便会传到脑塔中，这些运算子就会替他们完成思考，调出合适的数据。

博迪打开大门走入脑塔当中，这里面的温度很高，和外面的冰雪世界截然不同。每一颗大脑都是温热的，它们被浸泡在半透明的溶液当中，由一根根数据线互相连通，一个接着一个码放着，一直堆放到数千米的高空中。

那个场面是无比震撼的。白花花的大脑就和外面的雪花一样多，博迪见过大厦内部的情况，和脑塔内其实差不多，每个大厦公民也是一颗浸泡在大厦内部的大脑，唯一的不同就是大厦公民可以尽情享受人生，因为他们是被安默拉庇护的子民，而脑塔内的大脑只是工具，它们存在就是为了工作。每天面对如海一般无边无际的枯燥数据，一旦有谁产生怀疑，就会被安默拉判定为异常个体，扔进回收池中溶解掉，剩下的物质会被塑造成新的运算子。

博迪驾驶着浮空车在大脑的海洋中游荡，他检查着每一个模块的运行。每一秒都有异常个体被清理；每一秒也都有新的运算子被创造出来，安装进去。博迪突然产生了一个癫狂的想法……

我们和它们有什么区别？如果把一个运算子放进大厦中，它们和一个普通的大厦公民是一样的，为什么它们就要在这里，而我们可以在大厦当中？

当然，博迪很快打消了这个念头。和那个女人待久了，整个人都变得不正常了，他感觉自己都要变成一个野蛮又没有理智的猿人了！如果他在大厦里产生了这种念头，很可能被当作异常个体处理掉。安默拉能够读懂每个人的想法，一切都瞒不过它，它是全知全能的先知，无所不能的神明……

检查完一切后，博迪驾驶浮空车离开脑塔。他整个人魂不守舍，在走出大门后，他找不到雪橇的位置了，胡乱走了几圈之后，博迪只感觉脚下一空……

"啊！！！"一声惨叫打破了雪原的宁静，博迪整个人掉进了一个深坑中。

这里面一片漆黑，博迪摸索了很久才拿出自己的手机，借着暗淡的光，他看清了这里是一个废弃的蓄水坑，也有可能是处理运算子的溶解池，总之现在这里就是一个黑漆漆的大洞。

一股难以忍受的剧痛从手臂上传来，博迪的手被一根铁管擦伤了，绽开的皮肤下露出鲜红的血和肉。那颜色狠狠地刺激了博迪的神经，他不是没见过红色，可从自己体内不断流淌出来的红让他感到深深的恐惧。

死亡。

博迪从未想过死亡，只要不出现异常，大厦公民可以永生不死，可此时此刻，他感受到那股冰冷而无力的恐慌，仿佛一把利刃直接贯穿他的喉咙，仿佛一道永远无法跨过的漆黑之墙正朝自己缓缓碾压而来……

博迪叫不出声，他感觉自己被一双大手扼住了咽喉。他用颤抖的手拨通了艾希的电话，原本已经习惯的呼吸又变得困难了起来……

"喂？"

"呼叫艾希博士。"博迪的声音颤抖得像是每个字都要散掉了。

"你怎么了？忘记穿衣服了？"

"我快死了。"

"你在哪儿？"艾希没有问太多，"打开定位，我去接你。"

"好……但是我快死了，我一直在流血，我很痛，我不知道怎么形容，我说不出话来。"

"那就不要说话，拿衣服包住伤口。"

说完艾希就挂了电话，博迪又陷入了无尽的黑暗当中，他胡乱脱下自己的衣服扎紧伤口。手机的光一点点熄灭，恐惧将他淹没，接着在恐惧之中又诞生出一些新的东西。

山洞。黑暗。

这是人类最开始生存的环境，人类在城市中生活了数千年，可在山洞里生活了数十万年。每次回到山洞中，人类刻在灵魂中的原始野性就会缓缓被唤醒。博迪又开始胡思乱想起来，他逐渐感觉不到恐惧。心跳不断加快，仿佛是一记记重拳在捶打他的肋骨。

禁忌是美的。他想起了艾希的话。

痛苦也是美的，他看到自己手上一点点失去温度的鲜红，这是他这辈子第一次受伤，在恐惧过后他居然感觉到了兴奋，像是活了一辈子才看到一种从未见过的颜色。

如同潮水一般涌来的痛楚深深触动着他的神经，这是在大厦中永远不会感受到的。博迪觉得自己越来越不像是自己，一双毛茸茸的手仿佛要突破表层皮肤，一只肉做的心脏泵动着原始的血液，一对锐利的獠牙要从他的口中伸出……此刻他已经沉浸在禁忌当中。

当一个东西成了禁忌，它就拥有了某种美感，包括疼痛，包括死亡……

不知道过了多久，一束光从头顶打下，博迪看到一个曼妙的身影从缆绳上降下，他几乎不假思索地跑过去抱住了艾希。

"没事了，我很快就带你回去。你如果觉得坚持不了，我会申请提前送你回大厦。"艾希语气温柔地轻拍着他的后背，像是在安抚一个婴儿。

"不，不用。"博迪做了个让自己意外的举动。

他不由自主地伸出手按住艾希的头，她的发丝如水般从指间流出。女子吓了一跳，但微笑着闭上了眼睛，博迪一低头直接吻了上去。

坑洞内很冷，大雪还在不断从洞口飘下，两个人的手都冻得冰冷，可博迪感觉到自己那颗跳动不息的心脏滚烫无比，像是要燃烧起来，那火焰要突破皮肤，要裹住面前的女人，要燃烧整个世界……

四

"皮皮！酷比！豆子！"

博迪熟练地下着指令，他面前的三只狗听话地依次俯下身体。暴雪的季节已经过去，天空中还有一些阴云，阳光时不时透过云层投下一道道光束，零星的小雪在空中飘舞着，和之前的鹅毛大雪相比，可爱得像一群小精灵。

"真听话。"博迪从兜里掏出小鱼分给它们，他抚摩着狗的头。

在大厦世界里也有宠物，你能够创造出任何你想要的宠物，可以把全世界所有可爱的特征都拼凑上去。博迪之前从来不觉得那些东西有趣，现在他却觉得这些狗狗身上的每一点都很有趣，甚至丑丑的斑点和黏糊糊的鼻子都变得可爱起来，更不要说它们毛茸茸的身体和灵动的眼睛。

"吃饭了。"艾希敲着观测站的门，她斜靠在门上，双手抱在胸前，头发披散下来，一头黑发和血红的唇在雪白的世界中如此亮眼。

"我都快饿死了。"博迪欢快地跑向观测站。

"你都变胖了。"

"有什么关系呢？"博迪大笑道。

"对，你还有两天就要回去了，这副肉体反正也要扔掉的。"

"即使不是这样，那也没有关系。"博迪把一大块鱼肉塞进嘴里，细腻的脂肪在舌尖上一点点化开，慢慢包裹住整个口腔，"对了，这本书我看完了，你还有类似的吗？"

博迪把手边一本《战争与和平》递了过去。他也开始看这些旧世界的书了，虽然很多东西看不懂，这些小小纸片上书写的文字也远远比不上大厦庞大无比的数据库，可他却能从中体会到一种别样的感受——这些纸张上的符号能触动人心，不仅仅因为它们是禁忌，更重要的是它们能够传达感受。数据是为了传达信息，而文学则是在传情达意，阅读的时候你会被深深带入那个世界当中。

"还有很多，但是你没有时间看了。"艾希叹了口气。

"是呀，真可惜……"

"要不你留下来吧。"艾希小心翼翼地问道，"你可以申请永久留驻，怎么样？"

"不了。"博迪抱歉地笑了笑。

"你果然还是喜欢大厦里面的世界。"

"谁不喜欢呢？"

"你有没有发现一些不对劲的地方？比如太阳，比如雪和大地……"

"发现了，大厦里面这样的景观……比现实中的要模糊。"博迪点了点头。

"你知道是为什么吗？"艾希解释道，"是百年虫。百年虫问题一直没有解决，在二十一世纪用数据避绕的方法把它拖延成了千年虫，在大厦里，它已经变成了万年虫。这个程序漏洞会越来越大，安默拉处理不了它，因为它就是电子程序的灵魂，唯一的办法只有不断分出更多算力去避开它。"

"占用的算力越多，安默拉创造的虚拟世界就越虚假……"博迪也知道这个，他是个系统维护师，他当然知道这个问题的存在。

安默拉不会解决它，只会解决试图解决这个问题的人。它被造的初衷不是为了解决问题，而是为了让人类活得更好。在安默拉看来，即使世界变成了最简陋的像素点，人类依旧可以在虚拟世界里活得很开心。

"直到崩溃那一天。"艾希说道。

"对，直到崩溃那一天为止，人类都会活在极乐世界里。"

"你还愿意回去吗？现实世界虽然什么也没有，但这里是真的。"艾希似乎还不死心。

"我会回去，也或许有一天我会回来。"博迪不再说更多，只是埋头吃着什么，时不时抬起头看着墙上那些画。

那些胡乱涂抹的色块也像那些书一样，里面蕴含着满满的情感。他能联想到艾希创造它们时的情绪，安默拉不会创造出这样的画……

两天后，博迪完成了自己的工作。他头也不回地离开了观察站，回到了大厦中。

他知道雪原上，隔着飘落的雪幕，有一个影子一直在凝望着他，但他没有回头，他也不敢回头。

他在逃避这个世界，不是因为他反感，而是害怕自己留恋。

五

世界上少了一个名叫博迪的人，他本就不存在，这个名字也只是一个限时三周的代号而已，他在大厦内的名字足足有二百多个字节长，以避免其他人和他重名。在大厦内，唯有编号能够保证你的独特存在。

可再长的名字也无法解释你是谁，就算拥有一个无理数名字，那也只是一个代号。没有人知道自己是谁，也没有人会在乎这个问题。人类已不在乎未来，也不在乎过去，连无限在乎的当下也变得越来越模糊、怪诞。

大厦里少了一个系统维护师，多了一个造梦师。

博迪回到大厦后便换掉了自己的工作，开始全心全意创造梦境。他或许是这个世界上最低产的造梦师，比起其他人一天造十几个梦境的速度，博迪造梦的速度很慢，他不断雕琢自己的梦境，在这里创造出无数奇怪的景物。

颠倒的山川、崩塌的楼房、紫色的植物、吃掉自己又吐出鸟的青蛙……没人在乎他的梦，也没有人会订阅他的梦。在数百亿的大厦居民中，没有人在乎另一个人。

博迪还有在乎的人，可他必须离开她，就像他必须创造梦境一样。他不敢在梦中创造她，连想一下都不敢。她是独特的，没有任何东西能够代替她，哪怕大厦可以创造出性格、外貌都完全一样的玩偶，那也不是她。她就是她，没有任何东西可以替代。

等待。

博迪必须等待，他不是在等待奇迹降临，而是在等待着崩塌。

他留下了一行代码，在大厦崩溃的那一刻，博迪会拼死抢夺到尽可能多的算力，并且攻占一些组件，将它们和安默拉的联系割断开来。窃取算力，这是大厦内最重的一条罪名，等同于从神明的手中窃取圣火，不过那个时候也不会有人在乎了。

博迪的动作很慢，很谨慎，所有的一切都加了密，甚至脑子里都不敢多想。他表现得疯疯癫癫，希望安默拉不会浪费珍贵的算力来破译自己的想法。他必须冷静，必须沉稳，他不知道大厦内还有没有其他人在这样做，如果没有，自己创造的这个巨大的梦境将成为一个生态球，在大厦崩溃之后，虚构的世界毁灭之时，这里将成为唯一能够让人类落脚的地方。

那个时候会有一部分人逃到这个梦境中，而梦境中的所有东西都会被颠倒回来。这里会变成一个和真实世界差不多的世界，但它不能永久运行下去，博迪不知道它能存在多久。失去了安默拉，这个梦境只能靠他自己的大脑来运行，他要承载上百人、甚至数千人的思想，他将成为一个载体，直到艾希……或是其他守夜人将他们从大厦中救出来，放到克隆的肉体当中。

那个时候，也许脑塔中的人们也会得到解放，在这荒芜的世界中，大厦依旧屹立于冰原之上，即使它已经失去了灵魂。上百亿个人类灵魂会在大厦中悄无声息地死去，这是安默拉为他们安排的美好结局，但一小部分人会重新踏上大地，像顽强的种子一样在冰土上播撒新的可能性……

博迪不知道那个时候自己是否还活着，巨大的运算量会让他的大脑永久受损，也有可能还没有等来那天，他就已经崩溃了。

但如果有人能活着出去，也许他们会看到博迪留下的记号。

他梦境中的群山是一个断断续续的暗码，从他梦中被带出去的人们或许会把暗码带给艾希，她会看到博迪留下的最后一句话。

"不要呼唤我的名字，只要记住我。"

无言之语，无字之文

作者：张益欣

ɑː

ɜː

eɪ

aɪ

uː

ɔ

aʊ

æ

ʊə

iː

əʊ

ɔː

一

"所以为什么是我们摊上了这种差事？"卡杨摘下耳机往桌上一丢，抱怨道，"谁能想象上个月我还在卡尔达玛研究所里过逍遥日子，现在就只能被发配到这儿来看护外星原始人？"

"很难想象你对这种研究机会都提不起兴趣，"吉念安头也不抬地回道，"算上之前撤走的两批人，我们可是，呃——第十五和第十六个直接研究杜纳恩人的研究员。换我早就天天睡不着觉了，天知道你这种缺乏探索好奇心的家伙是怎么混到B级研究员的。"他凝望着舷窗外，一个浅绿色、外表像直立行走的鳄鱼的杜纳恩人——他们取名为"萨"——正在河边把揉成团的菱形树叶丢到水里，嘀咕了几句。只见一群黑乎乎的细小生物受到吸引，漂浮在水面上，被"萨"用木桶捞出来提走，河水从桶上扎出的小孔中渗漏出去。

"但是就这么整天光盯着他们看，算哪门子的研究？我知道现在禁止捕捉杜纳恩人活体，但像咱俩这样整天躲在观察舱里干巴巴地做记录，连舱门都不能出，这种随便一个机器人都能干的事偏偏要安排两个活人做？"

"你又不是不明白这是怎么回事"，吉念安轻快地说，"呵呵，和稀泥那套，要不然哪轮得到我们这种一抓一大把的研究员来吃螃蟹？"

最初第三远征军探险队在杜纳恩行星上发现文明的时候，在人类社会掀起了滔天巨浪。虽然在之前涉足的若干星球上也存在一些智慧物种，但只有杜纳恩人达到了可以称为"文明"的程度：建造村落、种植作物、驯养家畜。从表面看，这简直是一万年前的智人文明在另一个星球上的重现。欣喜若狂的远征军指挥官们打算把杜纳恩文明研究个底朝天，随即指挥随军科学家们陆续降落到行星上设立据点，研究杜纳恩人的生理特征、社会结构和其他一切可以马上着手的方面。然而，对三个杜纳恩人个体的诱捕、解剖引发了舆论的轩然大波。愤怒的人群包围了律政厅大楼，身穿各个民族 —— 那些大航海时期被殖民者当成"非人生物"研究乃至屠杀的民族 —— 的传统服饰，借以讽刺远征军企图重现那段邪恶历史的行径。在舆论重压下，邦联政府接管了涉及杜纳恩星的一切事宜，而社会各界都在为"人类要不要像神一般出现在杜纳恩人面前，与其建立联系并传授知识"的问题争辩不休。此时，撤回全部科学家的远征军设法采取了一项折中方案：从邦联借调了两名人类学研究员，在一处尚未接触到人类的杜纳恩人聚落采用最传统的非参与式研究，即只通过隐形的观察舱和探测器记录各种"无害"话题，如语言和行为模式。邦联也乐得自己人在杜纳恩星上保持存在感，就同意了这一举措，而记录结果，自然是优先传给做出让步的远征军科学部门了。

于是，两个被机会砸中的幸运儿——或者说是倒霉蛋——卡尔达玛的研究员卡杨和吉念安，在这个洒满令人类昏昏欲睡的惨淡阳光的午后，正挤在悬浮的隐形观察舱里，目送着杜纳恩人排成一列，自言自语地从河边回到村落。

"他们怎么搞的，彼此之间一句话不说啊？"吉念安一头雾水。

"说不定人家就喜欢这样。"卡杨随便打了个哈哈，回身从冰箱里拎出一瓶啤酒直接吹掉，"等我们破译了他们的语言之后，你可以当面采访一下他们的想法。"

"语言……"吉念安若有所思，"我们的录音球收集了这么长时间的语料，可以做语音描写了吧。"

同样透明的录音球在操纵下被收入观察舱，里面的信息被导入电脑里分析。吉念安点开一条音频，坚实端正的嗓音回荡在观察舱里，与杜纳恩人的粗犷外形毫不相符，倒让人联想到胡夫金字塔前的狮身人面像开口说话了。

他盯着屏幕角上的波形图皱起了眉头，"这哪像一个和人类在生物分类差距上达到"界"一级的物种的语言啊？说是人造语言还差不多。"

"鹦鹉学舌和人类语言的波形图差距都比这个明显。"卡杨瞟了一眼，赞同地点点头，同时在另一个界面上操作着量化分析的"Omnipotence"系统——自从被发明以来，它强大完善的功能让累计上千名语音学家被迫转行。"看来杜纳恩人就算不是发音结构和人类相同，起码也是殊途同归地调用了他们的生理结构来发音。远征军里那帮虚伪的家伙明明做了解剖也不肯把报告发我们一份,真就光拿我们来装样子啊,害得我们现在只能通过语音分析生理结构,可笑。"

连日以来挤在狭小空间里共事,吉念安早就学会了自动过滤掉这种下意识的抱怨。他眼看着飞速运行的系统做出了两张简明的元辅音表,连几种音变规律都一并整理出来,说道:"二十四个辅音,九个元音——这元音竟然连高低前后分布都是基本均匀的,稳定得简直不像这个阶段文明的语言——等等,所有的音都是人类语言包含的?这系统是如何处理未知发音的来着?"

"会标出来的。你看一下,像吸气音、外挤气音这种发音一概没有,甚至偏偏只有人类语音库里最常见的那一批。讲真的,虽然我们早就说杜纳恩人长得像,呃——短脸、塑料皮肤的鳄鱼人,和猎奇的电影设定相比毫无新意,大概是因为杜纳恩星和地球环境类似造成的趋同演化效果,但是很难相信他们不仅拥有和我们相似的器官,还使用同样的发声方法。"

"匪夷所思啊!人类用以发声的肺、舌头、牙齿和咽喉一开始都是出于其他目的的进化而来的,谁会想到调用它们碰巧产生的发音还能和外星人撞上了?这又让我想起了那款爆火的游戏《边界之外》,里面的外星语言是计算机合成的奇怪声音,听起来倒像是用腰带抽打一大袋爆米花,结果真正的外星语言随便一个人都能张嘴读出来。"

"得了吧,我看你就是被那种披着科学外衣的奇幻电影洗脑了。"卡杨毫不留情地指出,"要是我们发现的外星生命形式是种滴滴答答响个不停的液体气球,他们的语言倒是肯定能颠覆你脑子里所有与语言相关的概念；但是和那样的物种沟通绝对会把你逼疯，毕竟它们连对世界的理解和体验都与人类完全不同，你也不想指着自己说出'人类'这个名词的时候，被理解成邀请他们把你吞掉的意思吧。要我说，这种语言的高相似性倒是个好消息，预示着我们终有一天能把它学会。"

"唉！命运之悲！人类之悲啊！"吉念安从座位上跳起来，挥舞着手臂，活像差一个数字就能押中彩票头奖的赌徒，"难道你早就预料到了我们的研究发现将乏善可陈，所以之前才一直那么消极的吗？"

卡杨发出一声讥笑："等着吧。等人类再找到一百个智慧物种，里面就有你最爱的液体气球了。"

二

两周之后。

浮空的隐形探测器在小心操控下越过村子外围涂满各色颜料的树篱外墙，又无声地掠过泛着气泡的水塘（里面种植的作物结着像带刺西红柿一样的果实）和兽栏（里面圈养的家畜外形介于蜥蜴和鳄鱼之间，看起来倒像是杜纳恩人的远亲）。村落中心的空地上是石头铺成的十几米高的巨型平台，四周都有宽阔的台阶，正中央是一口漆黑的井型洞穴，十几根高耸的石柱在平台上围成一圈，柱体向内挖空，雕刻出立体的图案；与宏伟的平台相比，疏落地掩映在树林里的石头房屋简直微不足道。占族群人口九成的六十多个杜纳恩人排列整齐地睡在平台上，梦呓声此起彼伏。

这是什么奇怪的场面？尚未来得及进村实地考察的卡杨吃了一惊，心想：这是在集体睡觉还是在进行某种仪式？难道——是研究所楼下"粉碎金砖"酒吧里那帮背包客提过的、某些禅宗流派用梦瑜伽修行的方法？

而早已见怪不怪的吉念安此刻却怀着另一番心事：我的计划是不是有点太冒险了？他转头看了一眼自己的搭档，被蒙在鼓里的后者还以为两人此行就是来看杜纳恩人睡大通铺的。算了吧，像这种只会循规蹈矩地做研究、绝不肯越线的家伙，就得推他一把才行。本来我一个人干这事肯定更方便，但谁让我需要他和我互补的知识呢……

尽管远征军只想借此率先积累杜纳恩人的资料，对两人本身的研究结果没抱任何期望，但卡杨和吉念安可绝不甘心于此：前者对远征军拿他们当工具人心怀怨愤，想着做出成果来羞辱那些肉食者；后者更是外星人类学与科幻的狂热分子，正想借此机会挖掘些惊人的发现。与前辈相比，两人搞到了一件强大到仅存在于幻想中的工具：邦联科幻联盟的空想家们开发出来的XCASII系统（原本是用对照统计来分析新发现的人类语言的系统，但两个世纪前就已经通过田野调查彻底完成的人类语言数据库让它从未有过除自娱自乐之外的用途），使他们破译语言的工作异常顺利。和人类的若干原始语言一样，杜纳恩语也呈现出丰富的屈折变化，而系统依据前后缀、非连续辅音词缀等几种预设模式逐一对照排除，揭示了杜纳恩语的变位方法，并连带着划分了词性。

此后，卡杨和吉念安结合影像资料为划分的单词对应了词义，由此整理出各类主要实词的基本词汇表，而接下来对虚词与句法的描摹就完全是分析软件的工作了。

杜纳恩语的面纱被揭开之后，两人再次感受到当初音系研究的诡异。它完全不包含任何罕见的人类语言结构，更别说闻所未闻的语法现象了。它的语法综合了分析语、屈折语和黏着语的特点，一碗水端得四平八稳，倒像是研究了所有人类语言之后归纳创作出的一门人造语言一样。

在二十一世纪地球上尚有"语言多样性"的时候，人类学家不时能在丛林里发现一种挑战认知边界的新语言；现在卡杨与吉念安在人类有史以来到过最远的丛林里奋战多日，揭露的语言却只是这么一回事，也难怪他们如此丧气了。一向务实的卡杨对此倒有这样一番解释："要我说，这种相似性本身就是个惊人的发现了。想想生物的趋同演化吧——不同的物种在相同环境条件下演化出相同的外形结构。我甚至可以假设，这一现象对语言也同样适用，才使得这些光年之外的杜纳恩人的语言在独立演化中采取了相同的表达策略。"

"但是这只针对现存的主流语言啊，而人类语言的变化形式可比这多多了。就拿最宏观的主谓宾结构来说，据我所知，一些人类语言并不做这样的区分，而是——"

"——作通格语言，你之前跟我提过不止一次了，但这不恰好说明了某些结构表达在进化上的胜利嘛。据我所知，一些地方性语言在被取代之前，已经从主流语言中借入了不少更通用的表达结构。"

"那不该属于现代化趋势下的新式语言联盟吗？只是因为主流语言捆绑了强势经济和社会地位，但不见得是他们的语言结构有什么神妙之处。"

"你倒是别光忙着和我唱反调啊？我也只是随便猜猜而已。当然，实际上用概率就能解释一切了。毕竟谁也没法否定宇宙中智慧文明的语言拥有着无限可能，但人类偏偏这么凑巧，一下子就找到了这么一种和我们差不多的。就像是一个酒足饭饱的外地游客想玩两把轮盘消消食，两把都单押双零，结果都直接命中然后立马走人。不管同桌的人有多眼红，这在统计学上都没什么特殊的——总得有人注定成为那些'特殊'啊。"

这个典型的卡杨式比喻简直无懈可击，然而吉念安可不愿轻易偃旗息鼓。自此，一个计划就在他的脑海中逐渐成形了。

这时，卡杨的一番话将吉念安的思绪打断："你注意到杜纳恩人的眼球了吗？如此剧烈的运动，他们的梦境一定异常出彩。"

"这样的状态占他们睡眠时间的七成，而每个个体的平均睡眠时间超过一天的四分之三，"吉念安敷衍道，同时努力压制着紧张之情，"但我们的远程脑扫描系统会造成目标的灼烧感，也被明令禁止使用了，所以只能姑且假设杜纳恩人的快速眼动睡眠也伴随梦境的发生。走吧，我不是带你来看这个的。"他操纵着隐形探测器掠过平台，朝村子的另一个方向飞去。

村子外五百米的灌木里生长着肉质肥厚的藤类，杜纳恩人不时前来采摘，用以喂养他们圈养的鳄蜥兽。吉念安支使卡杨去另一边盯好即将前来的杜纳恩人，自己悄悄操纵机械臂将一辆木质的两轮手推车轻巧地丢在土路旁的草丛中。

一名杜纳恩人，"洛"（尽管以人类的眼光看来，所有杜纳恩人都像是从一个模子里套出来的，但两人仍然喜欢给每次观察的个体随便安一个名字），沿着林中的道路走到两人下方，一眼就注意到了草丛中伸出的车把手，便上前将整辆车拉了出来，在地上来回拖动着，若有所思。

吉念安感情洋溢的腔调仿佛一名纪录片解说员："我们已经注意到，杜纳恩人建立了气势恢宏的建筑，而它们的工具库却贫瘠得出奇，这是怎么一回事呢？另外，人脑中的语言区和工具区的所在部位大致相同，是以使用工具一定程度上刺激了脑部语言功能区的活动，而语言反过来又促成了新工具的诞生，那对于杜纳恩人来说，这两者又是如何运作的呢？我们在此引入了一种一旦发明就会令文明欲罢不能的工具——车轮，希望接下来的这个测试可以为我们对文明和语言的理解提供新的灵感。请看——"

卡杨露出见鬼一样的神情："这算是哪一出？哪里冒出来一辆手推车？难道是其他部落留下的？嗯，形制倒是和人类手推车完全一样啊，等等——"他转头看向得意扬扬的同伴，突然悟出了真相，一下惊得从椅子上弹了起来，"这都是你搞出来的？你一天到晚就不能消停一会儿，非得玩火让我也跟着连坐是吗？"

吉念安笑着安慰道："规定只说不让我们和杜纳恩人直接接触，或者使用足以影响到他们的测量设备啊。我不小心把一件自制的小玩具丢在了外边，难道还得在杜纳恩人眼皮子底下捡回来不成？更何况现在录音录像已经全关了，所以这儿的事情没有第三个人知道——要么像你刚才说的来自其他部落也讲得通啊，反正也没人能够把隐藏在丛林里的N个部落全统计出来。"

"那引入一种高于现有文明水平的工具会造成什么不可知的后果，你考察清楚了吗？！"

"所以我才选了车轮啊，人类历史上简直难找这样只有益处而毫无危害的发明，而且以他们的文明水平来说，用不了多长时间他们也会自己造出来的。"吉念安大力拍打着对方的肩膀，得意地说道，"这可是千载难逢的研究机会，别再瞻前顾后了，发挥一下你的专业水平吧，老兄！"（吉念安并没有提到，赫梯人发明的轮式战车让他们征服了整个近东地区，但鉴于杜纳恩人长着足以轻易杀死同类的尖牙利齿，却并未彼此以暴力相向——而同阶段的人类部落通常是十分血腥的——所以这种担心确实比较多余。）

卡杨幽怨地瞥了吉念安一眼。如果有一位船长连同他的船只被海盗劫持，结果遇上了飓风，海盗头子搂着船长的肩膀说"嘿！用你出色的航海知识带我们脱离险境吧，要不然我们都得完蛋"的话，那这位船长脸上的神情想必和此时的卡杨一模一样。良久，他开口说道："不排除杜纳恩人缺失车轮是出于和玛雅人相同的原因——缺乏冶金业，无法加工出耐用的车轮，或者缺少拉车用的大型牲畜，但我们也无法断定他们此时所处的文明阶段，不过这里的地形倒是比正常的地球丛林平整得多，相信他们一旦采用就能极大地提高工作效率。"

下方，"洛"捡起几块石头放到车里，推着车走了几个来回；正当两人都在赞叹杜纳恩人个体可以如此敏锐迅速地掌握一种新工具的用法之时，他却一脚把手推车踢到一旁，扭头去到灌木丛中，喃喃自语着把藤蔓一节节扭下来，扛在肩上返回村子里。

这回轮到吉念安傻眼了。"他刚才明明已经理解车轮的用法和价值了啊，为什么宁可扛着藤蔓多走几趟，也不愿意用车一次搞定？难道是他们的文化对于食物，呃，甚至是饲料，有着别样的洁癖？或者——"卡杨掐断话头，用录音球抓取了刚才"洛"自言自语的片段，和已经破译的词汇逐一对照，呈现出来的是：

"巨石与道路的力量啊，多些脱落的藤蔓（姑且意译这些专用名词）吧，缜密。"

果然不出所料，卡杨心想，连日以来对杜纳恩语言使用的特别关注，让他注意到了杜纳恩人在日常工作中自言自语的奇特习惯：喜欢描述即将去做的事情。一个在河边捕捞黑虫（用作刺番茄肥料）的杜纳恩人可能说：

"浮起的黑虫，切勿急躁啊，无知觉的水面。"

而修整道路的杜纳恩人则会说：

"平缓的地形，毫不存在的杂草啊，令人愉悦的畅通无阻。"

抛开奇怪的文风不说，这种对手头事情的单调叙述竟然占了杜纳恩语言的主要部分，而个体之间的相互交流反而极为罕见，仿佛他们已经内向到宁可把令人困惑的自言自语装满大脑，也不愿来点促进族群成员关系的闲聊。不过话说回来，这些迷之内容和杜纳恩人抗拒使用工具有关系吗——是什么言语的力量让他们觉得仅凭自己的双手就已足够？卡杨摇了摇头，努力把脑海中的胡思乱想清理出去：和吉念安这个家伙共事久了，怎么带得我也异想天开起来？毕竟，就算杜纳恩语和人类语言异常相似，也并不意味着他们的语言使用和文化习惯与人类相同啊。也许在关注当下的杜纳恩人看来，我们人类才是个废话不停的乏味物种呢。

而一旁的吉念安正沉浸在深深的挫败感中——且不说试验本身，这个时代能打造手工制品的人已经很少了，他自己也是花了多个夜晚，在不引起搭档注意的情况下反复试错才做出来一只，而寄予厚望的手推车竟然被外星原始人当垃圾一样一脚踢开，更是让他作为一名人类学研究者感受到了前所未有的羞辱。回程的路上，他心有不甘地喋喋不休："怎么会有文明连可以提高效率的合理工具都弃如敝履呢？连蚂蚁都会从不熟悉的物品里选出最适宜的工具来执行任务啊！这已经超出文化差异的概念了吧……也许这只是个例外呢？再试着引入几次其他的物件，我就不信一个文明会对新工具无动于衷——除非他们不想发展了。"他调动了一台无人机持续跟踪"洛"，希望看到他去把手推车带回来，或者起码与同伴分享一下这个发现；但令吉念安再次失望的是，"洛"显然不觉得这是一件值得经过大脑的事，反而表现得像是在路上踢走了一块石头一样。"虽然不知道他们用了什么手段，仅凭如此稀少的人口和贫乏的工具就建造了大型建筑，但那样的建筑成就和这种对新工具、新事物的态度根本就是矛盾的啊！"卡杨虽然也颇为不解，但同时也庆幸于两人并没有因鲁莽行事而彻底改变了一个外星文明的面貌。放松之余，他甚至有足够的闲情逸致，在经过村子时录制了几段在平台上沉睡的杜纳恩人的梦呓。虽然人类的梦话也经常令他人摸不着头脑，里面也不时出现意义不明的音节，但杜纳恩人在睡梦中的长篇大论简直和清醒时的语言毫无关联，不仅找不出一个可以理解的词汇，还夹杂着各种搭嘴、吹气、咂舌和其他随机产生的奇怪发音，其中不少他都完全想不出是哪个器官怎样产生的。如果杜纳恩人清醒下的话语可以比作农业时代初期的智人语言，那他们的梦话则应该类比为南方古猿的叽叽喳喳，里面碰撞着所有构成语言的可能性尝试。这种"梦中语言返祖"现象甚至会让研究者失去用"Omnipotence"语音系统分析的勇气。

卡杨感到一阵恶寒。如果一群人类同时梦话不断可以激发语言的恐怖谷效应，那此情此景只能出自荒诞电影里的终极狂想。刹那间，那个在光年之外和人类黎明遥相呼应的外星文明消失了，各种奇异景象无一不在提醒着他，自己正处在一个对人类来说过于陌生的异世界。他努力驱散各种杂念，集中注意力去想今天的其他发现，以及——亟待完成的《杜纳恩文明及语言描写分析报告》。他摘下耳机，回头看了看仍困扰于工具问题的搭档，打算暂时不把这些古怪的内容告诉对方。

此起彼伏的梦呓声中，一阵从地下传来的震动让整个平台都轻微地晃动起来，石块断裂的声音响起。两人面面相觑，然而竟没有一个沉睡中的杜纳恩人醒来。

"地震了吗？还是某种地质结构断裂了？"

"这超出我们的专业范围了啊，何况对地层的扫描至少需要启明星级飞船才能做。我看此地不宜久留，你也别再搞什么动作了。"卡杨最后瞟了一眼，只见几个清醒的杜纳恩人正静立在石柱前，对着上面的雕刻苦思冥想。

日暮下的探测器里，各怀心事的两人回到丛林边缘的补给站中。他们隐约感觉到，面前有一层迷雾使得他们无法把已经大致理解的原始文明和杜纳恩文明真正的图景串联起来。那些困扰他们的细节，究竟是因为受到了无甚意义的文化习惯的扰动，还是思维定式使他们忽视了某些关键的线索？

三

最后一日。

卡杨在补给站里手忙脚乱地收拾东西：删除已经上传的录像资料，将器材装入分离舱准备运走，把生活垃圾丢进无烟炉里焚化。突然响起了一声巨响，吉念安几乎是连滚带爬地撞进屋来。

"我的老天！明天就要和下一批人换班了，再也不用困在这个小屋子里了 —— 这种时候你不赶紧和我一块做好收尾，自己玩什么消失啊？"卡杨差点顺手把一本厚笔记丢到搭档的脑袋上，他回头一看，只见搭档脸上露出前所未有的慌张神色，便将更多的抱怨咽了回去，"什么情况？"

"这些日子里我总隐约感觉哪里不对劲，像是我们离真相只隔了一层窗户纸，所以我刚才又去杜纳恩人的村子里探了探。"吉念安从怀里掏出一个手持摄像机丢在桌上，"还记得我们看到的村子中央平台上的地穴吗？瞧瞧我在里面看到了什么！"

"嗯，你到底什么时候才能放弃那些胡思乱想 —— 什么，你出观察舱了？还下到那里面去了？你疯了吗！远征军根本没给我们配单人隐身服啊，难道你想不到惊动一整群杜纳恩人会有什么后果？"卡杨在震惊中一把攥住吉念安的衣领，突然又一哆嗦，赶忙冲到窗边窥探，仿佛被激怒的杜纳恩人马上就要冲过来血洗补给站。

"又没吵醒他们！我是在发现整个部族开始不间断沉睡的三天之后才进去的！给我过来看我拍下了什么！"吉念安以同样的分贝吼道，同时打开摄像机塞到对方手里。

已经十分壮观的石制平台竟然有着更宏伟的地下结构，从地穴下去，和平台形成一个整体的是深埋地下的巨型石块——或者一度曾是石块，因为不少部分已经被挖到几乎掏空，只留下细条的框架像工地脚手架般密集交错着。整个结构在四壁上的不明荧光物质照射下显得诡异阴森，仿佛误入了一只巨兽骨架的腹腔中。

"这些结构……和石柱上的那些雕刻花纹是一类的？"卡杨简直不敢相信自己的眼睛。

"我把它们扫描到系统里用EIMDS系统（一种从寻找地外文明所用的太空电波破译软件改进而来的、用以分析各种成体系物品的智慧信息含量的系统）分析了一下，你猜结果是什么？VII级、信息含量指数37.625——也就是说，这绝不是什么普通的雕刻，而是一种三维文字系统！"吉念安连珠炮似的一口气说完，同时飞速滑动着手持显示屏上的推导过程，好像稍一停顿就会有什么毁灭性的后果一般。

卡杨艰难地咽了口唾沫，在心里逐一回想自己已知的和"三维文字"沾边的书写系统：欧甘文字、印加奇普结绳系统，都和眼前的系统在概念上相差甚远。一瞬间，从未留意的景象闪回眼前：平台上站立着的杜纳恩人，一动不动地凝视着石柱上的雕刻花纹。那是在参悟文字吗，为什么没见过有人动手雕刻？

屏幕上的拍摄画面还在继续播放：石柱结构正以肉眼可见的速度被剥离下碎块，形成新的雕刻结构；随着画面抖动，一阵震动声充满石室。"你注意到了吗？被雕空区域的分布和上面杜纳恩人躺着的位置刚好对应。我一定是鬼使神差了，才会想到从系统里抓取出这些文字，和杜纳恩人梦呓内容的信息量分布指数来对比。"他在显示屏上点了几下，两条同上同下的折线出现在图表里，清晰地显示着三维文字和梦呓内容的信息量分布完全对应。

卡杨瞠目结舌。"你的意思是，他们的梦呓使得身下的石块自动下挖，形成了那些文字？"吉念安面色复杂地盯着他，仿佛在说：我就点到为止，至于什么惊世骇俗的结论，还是从你自己口中说出吧。

"他们的语言不曾用来交流，他们的文字也不曾用来记录。"一道闪电划过脑海，串联起所有线索的卡杨顿悟了对方并未言明的猜测。吉念安妙手偶得的结论已然暗示了真相，可惜两人未曾更进一步，因为真实的图景已然在终极的想象力之外出现——轻视工具的杜纳恩人，早已拥有远比人类强大的工具。

现代语言学初期，面对人类幼童惊人的母语习得能力，学者们假设了所谓人类天生的、包含所有语言共性的"语言习得装置"。据此，将婴儿置身于特定的语言环境当中，只要他们根据语言输入调整了对应参数，即可获得完整的母语能力。此刻，"语言习得装置"的魅影正以全新的形式再现：杜纳恩人的梦呓蕴含着对语言的无限尝试，并可以实时形成石刻上的文字，而他们通过清醒状态下对石刻的参悟，调动脑中的"语言模块"对石刻上的随机信息进行筛选、整合，由此获得了现实中的语言能力。此等语言具有让所言之语尽皆实现的力量，使得任何任务对杜纳恩人来说都无比轻松，甚至心想事成；也正是这种咒语般的力量，使得文明超越了技术的边界。

　　两人执迷于杜纳恩文明和原始人类的表面相似性，又为解释语言相似的巧合花了过多精力，便理所当然地把人类对"文明"的理解当作模板套在研究对象身上，却未真正理解那些看似是细微习俗差异的形成根源。他们一度试图用"趋同演化"解释外星语言的相似问题，但文明趋同演化的真实图景却更为广阔。进化路径和模式完全不同的文明，在某个阶段也可以巧合般地呈现出相同的面貌。

　　"这等于是把我们的分析结果全盘推翻了啊，可惜报告早就提交给上面了，现在再做大改真的要丢脸到家了……唉，管不了这么多了，等我们回到卡尔达玛之后，我再出一份新的。"良久的震惊之后，卡杨终于打破了沉默。

　　"不，"吉念安上前把已经关闭准备拆走的电脑重新打开，调出与指挥部的通信频道，"还是现在就打一个报告吧，我心里总压着一种不好的预感。"

　　"好吧。"卡杨拖着沉重的脚步挪到窗边，只见一片乌云凭空凝结在天空中，黑暗笼罩了不复神采的大地。

　　"未知错误：连接丢失。"刺耳的报错声撕扯着两人的神经。

　　"系统故障，隐形系统即将失效。"卡杨惊恐地望了他的同伴一眼，只见对方的脸色已经变得惨白，同时举起双手示意自己什么都没做。

　　五公里外的村子里，蓄积了足够力量的杜纳恩人一齐起身，站在平台上高声咏唱。岩层开裂的巨响如雷鸣般回响在丛林里。

创造者的回忆

作者：王佳裔

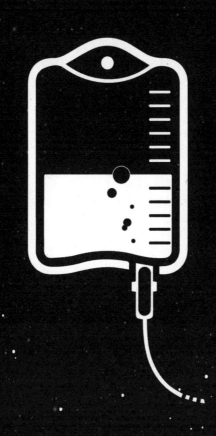

一

"我的病人身价百亿，把我带走的后果，你们最好承担得起。"威廉到了目的地，嘴里仍抱怨个不停。

一小时前，他正在新泽西的诊所为一名石油大亨做脑肿瘤切除手术时，突然被几个穿军装的人带走，直接来到纽约。

"带你来，是梅克尔博士的要求。"带路的士兵回答道。

梅克尔博士 —— 德国著名的生物学家，专攻人体植物神经系统。他颇具争议性的研究，别提威廉这个行内人士，就算在民间也是"声名远扬"。梅克尔本要和美国军方进行一场重大实验，却点名要求全美最顶尖的外科医生威廉到场。他们从未谋面，这次会面让威廉激动不已。"让我猜猜，美国政府同意梅克尔做那个'植物神经手术'了？"威廉尝试性地打听。

"你马上就知道了，博士就在前面。"

偌大的医院看不到一个病人，仿佛人早已被清空。走廊尽头的手术室门前，站着几个人，中间那位格外显眼，正是博士。

见到本人，威廉才觉得梅克尔比照片里憔悴得多。科学杂志上的他意气风发，而现在他看起来营养不良的身体如同窗外干枯的树枝，在医院昏暗的走廊里更显诡异，让人无法想象他这些年经历了多少摧残。

"博士，这位就是威廉。"士兵简短介绍道。

梅克尔打量了威廉一番，点点头："我认识你，你曾经为总统切除了脑肿瘤，那是场堪称奇迹的手术。"

"过誉了，如果交给您，您会做得更好。"

梅克尔笑了笑，示意威廉随他进入手术室。

手术室中，一台巨大的复杂机器挂在天花板上，一名男子坐在下方的医疗座椅上。这场面让威廉想起卡夫卡小说《在流放地》中的杀人机器。

站在机器旁的一个身着军服的中年人说道："编程医疗辅助系统，我国最前沿的科技。"

威廉认识他，他隶属第三舰队，是威廉的常客，大家都称呼他为"将军"。

作为顶尖医疗专家，威廉对此系统有所耳闻：它将手术的内容以编程的方式写进系统，只需一名主刀医生便可完成一台极其复杂的手术。

"我听说它还在实验阶段，已经可以投入使用了？"

"所谓'实验阶段'，不过是还没到该登场的时间罢了。技术早已完善，非常可靠，你有幸成为第一批使用者。"将军提起系统时的语气充满骄傲。

梅克尔看向威廉，像个上帝那样说道："虽然和想象中有所不同，但终于还是走到了这一刻。威廉，如果你真如传说中那般智慧，便请记住这台手术，我将教给你我的毕生所学。"

"难道是植物神经手术？"

"是的，年轻人。"梅克尔笑着点点头。

二

植物神经可以控制身体里那些你无法控制的功能，大到心跳、睡眠时的呼吸和食物的消化；小到毛孔收缩。大脑处在无意识状态时，身体通过植物神经维持基本运作，不至于让人在睡梦中忘记呼吸，忘记心跳。

按照梅克尔的理论，我们的身体足够智能，却又不懂得变通。这项研究，是让人类获取植物神经的权限，凭借主观意识就可以完全掌控自己身体的一切功能。

这项研究一旦完成，将使整个人类社会发生翻天覆地的变化。人类可以随意控制身体的新陈代谢，高血压、肥胖症、脱发、内分泌失调……所有疾病都将彻底成为历史。病毒、细菌、寄生虫等引起的疾病也都能靠人体智能精确的操作被消灭。

但将军对手术有自己的想法。比起人类社会的革新，他对研究的军事价值更感兴趣。

两次世界大战、越南战争、海湾战争……士兵的伤亡率随着本国兵器的进步而逐年降低。将军预计在并不遥远的未来，非战斗减员人数将超越阵亡在战场上的人数。

"如果可以控制植物神经，我们将创造出世上最强大的士兵：受伤时，他可以主动阻断疼痛感；中毒时，他可以精确消灭体内毒素；还能合理改变新陈代谢，延长战斗时间与质量。"将军对手术的效果做出自己的预想。

但梅克尔显然对此有些不屑，他感叹道："科学家说我的实验过于激进，伦理学家认为我不够人道，宗教学者则骂我妄图获取上帝的权限……就连老百姓都认为我是个恶魔。可和那些热衷于发动战争的疯子相比，我又算得了什么？你们遇到任何新技术，难道只想用于打仗吗？"

"技术本无错误，重要的是运用技术的方式。"将军指向医疗座椅上的人，"斯蒂文上尉，空军飞行员，二十六岁。本该年轻有为，却不幸身患胃癌。如果你的实验能够成功，不仅能救他一命，还将改变整个人类战争史。"

梅克尔对将军肤浅的理解感到失望，将军并未脱离军人思维。按照梅克尔的理论，这些确实可以做到，但这只是研究的副产品，并非他的本意。

"如果我的实验成功，我们将不再被客观世界影响情绪，甚至能够战胜对死亡的恐惧，战争也将彻底消失。将军大人，你竟然还纠结人体兵器的制造，格局不会太小了吗？"

将军立刻变得不悦："你说得天花乱坠，但其实你并不清楚解放植物神经的后果，一切都是你的预想，而且我并不看好。我只关心本国的军事进步！"

"好吧，我对你们的目的无所谓，我只想验证我理论的正确性，这不冲突。准备手术吧。"梅克尔走向手术台。

"我还是要说一句，"将军拦住了他，"科学发展不该受国籍的束缚，希望您认真对待。"

　　"您别误会，将军，我向来对这种事无感。早在'二战'结束时，你们便接收了无数纳粹科学家；就连爱因斯坦也是出生在德国，虽然他是犹太人。"

　　将军用微笑回应这句不知是玩笑还是讽刺的话语。

三

　　手术即将开始，空旷的手术室里只有威廉、梅克尔和士兵三个人。士兵趴在手术台上，巨大的辅助系统伸出机械臂，精准地为其注射麻醉剂。

　　看着士兵渐渐睡去，威廉毫无顾忌地说出了自己心中的疑问："博士，恕我直言。你的研究在当时被视为伪科学，为什么军方会同意这场手术？手术如果成功，真能有那么神奇的效果吗？"

　　"可能会更神奇。我原本的预期只是通过植物神经来影响生理机能，已经出现了一个案例，有个女孩儿通过对植物神经的控制，已经改变了人体的生理结构。比如她为了在黑夜不开灯看东西，演化出夜视的能力；因为怕热，演化出口吐体液降温的能力。"

　　"有人先一步做出实验了？"

　　"不，她是个例，完全自然形成。这也是军方找我进行试验的原因，控制植物神经在理论上可行。可我有别的打算。"

　　"是什么？"

"先做手术，我再告诉你。"

梅克尔的手术刀从士兵的后脑划到后背，又用圆锯打开头骨，露出大小脑。他用针灸的方式阻断神经间电流的活动，然后巧妙地将部分植物神经接驳到大脑的皮质运动区。

这是一个极其费时费力的工作，尽管有系统的配合，仍持续了六小时。手术完成，银针还留在士兵身上，梅克尔将士兵后背的切口缝合，剩下的就是等待他苏醒了。

看着眼前这个士兵逐渐稳定的身体状态，梅克尔长舒一口气，继续了手术前的谈话。

"威廉，在我回答你之前，我想先问你个问题。你相信自由意志吗？或者说，你觉得人类灵魂真的存在吗？"

梅克尔这句话，让威廉不知该如何回答。见威廉不说话，梅克尔先表达了自己的看法："在我这里，自由意志和灵魂都是不存在的。人类不过是一台对外界刺激做出反应的机器，我们产生思想和麦穗因风摆动没有区别。"

威廉知道这是机械论，但这种形容还是第一次听到。他不搭话，继续听着对方的长篇大论。

"你的悲伤、愤怒、欢笑与焦虑，不是你自己的选择，而是由你身体分泌的化学物质决定的，所以自由意志并不存在。既然自由意志不存在，那灵魂更是无稽之谈。可控制了植物神经，我们不会再因肾上腺素而亢奋，不会再因荷尔蒙而恋爱，不会再因多巴胺而上瘾……我们的情绪与所做的一切选择，都是出于理智的思考，而不是化学反应。"

话题上升到哲学层面，让威廉一时反应不过来博士究竟想做什么。他问道："你所说的是解放自由意志？"

"如果我们完全控制了身体，潜意识也就不再存在。也许到那时，我们就可以完全从身体的禁锢中解放出来。而且人类所有的记忆都完完整整地储存在大脑中，如果能够控制植物神经，便能读取那些数据，就可以像看录像一样重温过去的时光。我们将不会遗忘，人类的进步也将不受学习成本的阻碍，我们将'飞升'。"

听完这些，威廉内心逐渐激动起来，他的眼前出现了百年后人类文明的宏景，那超过几次工业革命科技进步的速度，让人类像神一样生活。不，那已经不能被理解为是一种"生活"了。

过了一会儿，士兵总算睁开双眼，他发现自己无法控制身体。这不只是麻醉剂残余的效果，主要是因为他的神经还被银针阻隔着。

"恭喜你，你已经解锁了植物神经的控制权限，当我通电时，你就可以最大限度地控制自己的身体了。"梅克尔对士兵说，"瞬间多出来的控制信号可能会令你一时间手足无措，但只需一段时间的学习，便能熟练掌握细胞层面的控制，到时候你可以试着消灭你体内的癌细胞。"

"我是最优秀的战士，我一定可以，你开始吧。"士兵态度坚决。

士兵毫不畏惧，让梅克尔也更加自信。他接通电源，让电流顺着银针激活士兵每一条沉睡的神经。

那一刻，士兵的表情像个灵感陷入枯竭的作家，他使用全部的精力去探索体内器官的控制方法，他感到自己的身体如宇宙般浩瀚，每一个细胞都像一颗爆发的超新星。

梅克尔监测到士兵的心跳速度达到常人的两倍，血液流速加快，胃部不断升温，那里正在进行一场旷世的战争。这次，肿瘤面对的是无比智慧与团结的免疫细胞。

"博士，我将癌细胞聚集在体内一处，然后集中消灭，我感觉自己痊愈了。"

士兵充满信心，语气也欢快起来。梅克尔用X光确认，士兵胃部的肿瘤彻底消失，实验成功了。

消息很快通过将军传到了议会，整个高层都为之震动，组建相关医疗团队的计划被迅速提上议程。梅克尔本人倒是很淡定，他似乎早就预料到这样的结果。

"博士，"将军前来祝贺，"你的研究非常成功，也非常有用。你们之前的谈话让我有了更深的思考，我决定推进'二级手术'，把植物神经的所有功能全部交给大脑，让他彻底控制自己的身体。"

四

梅克尔为士兵做的是"一级手术"，也就是在植物神经正常工作的基础之上，让大脑获得部分控制权，对身体进行干涉。

而"二级手术"是关闭一切植物神经的自主权限，人体的心跳、呼吸和器官的运作都将时刻由大脑控制。

"如果我这么做了，他全部的注意力都要应用在人体最基本的运行上。他无法睡觉，甚至一个分神都足以让他心跳停止，当场死亡。"

"没关系，博士。"士兵听到了谈话，说出了自己的想法，"博士，你无法想象获得权限的感觉，我从没感到如此自由，我的思维得到空前的扩展，我能感到就差最后一步了。这是我控制身体后做出的决定，绝对理性。"

威廉似乎对此也很感兴趣，说道："博士，您的实验已经成功，但将实验做彻底的机会难得。既然他同意，不如一鼓作气。"

所有人都如此，梅克尔也不便推辞，更何况他自己对此也感到好奇，既然盛情难却，不如借坡下驴。

"我接下来不会麻醉你，我需要你自己阻断痛感的传递，在清醒的状态下完成手术，当手术完成的那一刻，你要时刻维持自己的心跳。"梅克尔叮嘱着。

梅克尔再次手术，他将全部植物神经与大脑直接连接，又在小脑与脊椎关键部位扎上几根银针。当再次电击时，士兵身体的一切自主活动都将停止，由大脑控制。

"我要开始最后一步了，你一定要集中精神维持心跳。但我预计你的状态连三十秒都无法维持，这段时间不足以让我对你实行救援，也就是说这是不可逆的，你可能因此而死。"

"不用担心，我有预感这一切都会值得。"士兵还是如此坚决。

他的话有些不可捉摸，但梅克尔知道他早有觉悟，于是接通了电源。士兵身体的一切都交给他自己了。

士兵的心跳还在维持，似乎没有多余精力去控制表情，像具僵硬的尸体。过了几秒，身体渐渐舒展，一种极度安详的微笑浮现在他脸上。

他的心跳停止了，从接通电源到死亡，用了不到十秒钟。当他获得了身体的绝对自由后，便迎来毁灭。

五

事情过去两个月，将军并没有把当时那位士兵的死视作事故，而是当成了伟大的尝试。梅克尔也被提为主管，帮助军方完成制造超级士兵的计划。

在一个悠闲的下午，梅克尔问威廉："知道为何那天我需要一个医疗专家在场吗？"

"想教给我知识。"威廉回答着。

"我教给你知识，不只是因为将军让我这么做。我希望有个水平不低于我的人，为我做一台手术。"

这句话让威廉出乎意料。

"我想通了那位士兵在死前的十秒看到了什么。其实，他重温了自己整个人生。"梅克尔继续说道，"还记得那天我对你说，人所有的记忆都完完整整地储存在大脑中吗？我研究这一切，就是为了我的母亲。我想见她，哪怕一次也好。我想再次感受她的笑容，听她讲讲故事，说出我没能说出口的话。"

威廉被吓到了，他不敢相信梅克尔要求他亲手了结自己的生命。不管梅克尔如何心甘情愿，这对威廉来说仍旧是一件残忍的事。

"我的母亲患上了阿尔茨海默症，最后的日子里，她已不认得我。她对我那么强烈的爱，也无法抵挡中枢神经的退化，这令我无法接受。"

梅克尔回忆道，忍不住落泪。这种生离死别是每个人都会经历的，但显然梅克尔受到的伤害比平常人更大。

"她曾对我说：'哪怕死亡也无法带走我的灵魂对你的思念。'可人真的有灵魂吗？如果真的有，为什么会因几根神经出了毛病就变成另一个人？灵魂应该凌驾于身体之上才对。所以我不断攻克植物神经，希望找到灵魂存在的证据，希望人的意识可以脱离肉体的控制。可这无法将我的母亲带回到自己身边。"

"时间在大脑里是个很模糊的概念，当大脑掌控身体的一切时，甚至可以让意识活在永恒的错觉中，所以……我想解放自己的植物神经，挖掘大脑里的所有记忆。既然我无法让母亲复活，那就干脆让我永远活在自己的记忆里。我相信那名士兵就是这么做的！"

虽然梅克尔如此说，可威廉没有权力私自为梅克尔开始这台手术，他会被军方问责。梅克尔打消了他的忧虑。

"我已教会你一切，他们不需要我了。如果我死了，你会变得更加有价值。我能感受到自己时日无多，求你让我在死前与我爱的人重逢。"

威廉似乎能体会他的心情，他默默感到这也许是一种宿命：不管是谁接触到这件事，在即将到达人生的终点时，都会想做这个手术，包括威廉自己。

威廉答应在当晚为梅克尔做手术。

"博士，一级手术已足以让您读取记忆了，没必要做二级手术葬送自己。"手术前，威廉还在尝试劝解，但梅克尔有自己的想法。

"只有二级手术才能带来绝对自由的意识，才能让我构建出'永恒'的概念。而且我完成了这个目标后，也没有必要活下去了，所以不要再多说，我命已注定。"

梅克尔坐在编程手术辅助系统的医疗座椅上，即将命葬于自己研究的手术中。但他不后悔，这一刻他等了一辈子。

威廉果然不负所望，他落刀的力度、下针的精确和编程的严谨，更胜于梅克尔为士兵做的那场手术。成为自己学生的第一个案例，梅克尔作为老师的生涯无比圆满；而他的人生也即将迎来自己的终点。

在后背银针的电流激活神经的那一瞬间，梅克尔翻阅了大脑海马区，打开了紧紧捆住他记忆的锁链，那些或欢笑或流泪的画面涌现在他眼前，他由近到远回溯着：母亲临终的病床、毕业时母亲的笑容、童年时去的游乐园、婴儿时温柔的怀抱……甚至自己胎儿时期在羊水中的感觉都被写在了大脑里。

梅克尔能听到母亲的心跳和自己的合为一拍，还有她轻抚肚皮传来的触觉；蜷缩在羊水中还是胎儿的他听懂了母亲的自言自语："不管是男孩儿还是女孩儿，都取名叫梅克尔（Maker）吧，希望梅克尔可以创造自己的幸福。"

梅克尔的身体失去了主动产生情绪的能力，但他选择用快乐来面对这神圣的一刻。他在几秒钟里不断回放了千百万次自己的童年。他用尽全身的能量，制造大量多巴胺，那澎湃到能使他升天的快乐让他忘记了呼吸，忘记了心跳，也彻底摧毁了他的大脑。

梅克尔死了，他如同回到了出生时的那个秋夜，在母亲的歌声里渐渐睡去，笑容和那名士兵的一样安详。

天鹅绒之海

作者：陶望曦

一

我做了一个梦。

我梦见自己变成一条蠕虫，在浅海中游曳。

阳光刺破海面，落入海水里，只剩泡沫间反复折射的、细细碎碎的光晕。我从那些泡沫与光晕间穿过，不知疲倦地向前游着。但海水开始变热，鲜血般的红色从底部向上晕染，水体越发黏稠、结实，像是变成了一块巨大的天鹅绒，直到将我牢牢包裹在其中为止。

我动弹不得，无法呼吸。热量将我溶解，我的肉体化作沸腾的血肉之汤，也成为这片血红色海洋的一部分。

于是，我放弃了思考，任凭自己的意识也流入海中。

梦在这里戛然而止。

二

上午，10点，海边公路。

我开着车，不经意间，眺望起了车窗外的海面。

大海，生命从这里起源。无数生命在竞争中或死亡，或强迫自己进化成新的模样，最终形成了这颗行星上丰富的生态圈；但也有生命选择放弃变化，游回海底的最深处，作为时间的见证者蛰伏起来，等待被发现的那一天。

他们被称为孑遗动物。

例如腔棘鱼，它们出现在3.5亿年前，属于一个十分古老的鱼类亚目。它们的近亲向陆地进发，演化为爬行类、鸟类、哺乳类，以至于人类。这种生物曾被认为早在六千万年前即已消失殆尽，然而二十世纪三十年代，它们又出现在人们的视野里，被大众所熟知。

几天前，著名的海洋生物学家林威，与他的研究团队共同公布了一项震惊世界的发现 —— 他们在深海中找到了一种此前从未被发现过的蠕虫，而这种蠕虫，可能是生存在五亿年前的叶足动物的孑遗。

这次，我就是为了采访林威教授，而驱车前往他所就职的海洋研究所。

我很快就抵达了目的地。

在接待员的引导下，我与其他游客一起参观了研究所中陈列的诸多成果，其中就包括了这次林威教授发现的蠕虫 —— 它被命名为"薇虫"，据说取自诗经中的《小雅·采薇》一诗。与我想象中古怪的海底怪兽不同，这种蠕虫甚至还没有一个小指节那么长，虫身通体暗红，遍布肉疣，两侧长着小巧的、成对的足，头尾部各有一对小触角。

接待员解释道，这种蠕虫的身体构造非常原始。体型变小，眼睛也退化消失，这些可能都是它适应深海生存环境的结果。

我仔细观察着那只蠕虫标本，想象几亿年前那片原始的海洋是什么模样。

午休时间，我见到了林威教授。

"您好，记者小姐，我是林威。"教授与我友好地握手。

与照片相比，林教授本人更平易近人，总是笑呵呵的模样，和印象中一丝不苟的学者形象相去甚远。交谈中，林教授时不时插科打诨，缓解气氛，尽管已是花甲之年，教授却仍然展现出了令人印象深刻的思维逻辑与表达能力。

采访顺利进行。最后，有些俗套地，我打算用一个经典提问来结束这次采访——"请问，林教授，您选择成为一名海洋生物学家，最初的契机是什么？"

听到这个问题，林教授先是愣了愣，随后，他故作神秘，刻意压低声音问我："这个故事可就说来话长了，您真的要听吗？"

我点点头，示意林教授讲下去。

于是，他开始向我讲述起一段发生在他儿时的，如梦境般难以捉摸、亦真亦幻的故事。

三

林威教授出生于一个寻常的小渔村。故事发生在他初二的暑假，彼时，他的名字还叫作林小威。

林家一共有两个孩子。小威的姐姐，林大薇，几年前考上了省城的大学。毕业后，经教授推荐，大薇在城里找到了一份工作，薪水足以在养活自己的同时，还能供养弟弟念书。

八月，假期已临近尾声，大薇却突然回到了故乡。

尽管大薇姐姐说，她只是休假，但小威却隐约察觉到，姐姐的样子不太正常。

最近，他总能听见姐姐与父母打电话，最终都以争吵结束。小威在一旁聆听那些断断续续的话语，却不甚理解自己听见的内容。

他只知道，也许有什么事情发生了，让姐姐大受打击。

大薇从小就爱逞强，又十分神经质。林家夫妇是典型的东南沿海的小渔户，一年四季忙于渔猎，很少关注孩子的心理状况，还保留着许多根深蒂固的传统思想。大薇在这样的家庭环境中成长起来，养成了要强、容易焦虑、缺乏安全感的性格。

"多年以后，回想起姐姐回家时，脸上那副苍白、疲倦的表情，我想，大概从那个时候起，她就已经决定好要从自己失控的生活中逃走了吧。"林威教授叹了口气，略显悲伤地说道。

题外话到此为止，故事继续。

自从回家以后，大薇姐姐就把自己锁进了卧室，整天待在那里，不愿意出来。为了让姐姐打起精神，小威一有时间就跑去姐姐那里，故意缠着姐姐，不给她发呆的时间。小威经常抱着自己最爱的那本书——那是几年前姐姐读高中时，在县城的小书店里作为生日礼物买给他的《海洋生物图鉴》——滔滔不绝地讲述有关海洋生物的事情，而姐姐每次也总是微笑着，耐心地听他聒噪，陪他玩，直到小威玩累了，一头倒在姐姐身边呼呼大睡起来。

某个午后，小威用零花钱买来了两支冰激凌。姐弟二人打开窗户，坐在阳台上惬意地吹海风，晒太阳，舔着冰激凌。

大薇姐姐身着宽松的睡裙，风将衣摆吹起，露出小腿上的一道长伤疤。

据姐姐说，这道伤疤，是她某个暑假与小威偷偷溜出去游泳时划伤的。当时，姐弟二人正在不远处的浅海区玩水。但海上的天气捉摸不定，难以预测。风浪突然变大，为了保护即将被冲走的弟弟，大薇奋不顾身地游上前，搂住了弟弟的脖子，小腿也因此被礁石划伤。

后来，姐姐挨了父母一顿叱骂与责打。自那以后，原本热爱大海的姐姐就像变了个人一样，开始讨厌游泳，再也不愿意靠近海滩。

不知为何，对于姐姐讲述的事情，小威只有支离破碎的记忆片段。每次当他试图思考、回想时，总会升腾起一种温暖、湿润的感觉，仿佛有人从他的脑海里拉出道红色幕帘，将那段记忆的全貌包裹得严严实实，无法触及。

故事回到那个拥有海风、阳光和冰激凌的午后。

远处，两三声海鸥的鸣叫回响在云间。

海面波光粼粼，映射在姐姐的眼中，也同样熠熠生辉。海风吹进姐姐的瞳孔，泛起涟漪。不知不觉间，小威被那颤抖的湛蓝色深深吸引，以至于忘记了手中还握着没吃完的冰激凌。

"昨晚，姐姐梦见自己在海中游泳，游向很远的地方，很远，远到谁也没去过。"大薇用手帕擦去了沾在小威手上的奶油渍。

"是做噩梦了吗？"

"不知道，但姐姐并不讨厌那种远离陆地、远离喧嚣的感觉。总有一天，我会动身离开这里。知道吗，小威，姐姐的归宿不在这个地方。"

"是吗，那姐姐想去哪里呢？"小威愣了一下，他似懂非懂，又一边歪着脑袋，一边继续舔起冰激凌来。

姐姐微笑着，沉默不语。

忽然，她岔开话题："对了，小威，你知道天鹅绒虫是什么动物吗？"

小威诚实地摇摇头。

四

故事讲到这里，不得不暂时中止。

一位身着白大褂的研究员匆匆前来，通知林教授，某项要紧的实验得出了意料之外的结果，需要林教授去分析决策。于是，林教授站起身向我道别，同时为提前结束采访表达歉意。

林教授走后，我也迅速整理采访资料，驱车离开了海洋研究所。

数日后，薇虫，以及其发现者林威教授的采访，在我供稿的报纸上刊登。

在此期间，我并未忘记林教授讲述的那段戛然而止的故事。

我查阅了一些资料，终于了解到了故事里的姐姐口中所谓的"天鹅绒虫"，是一种怎样奇妙的动物。

栉蚕，是一种生活在森林中的蠕虫，属于一类被称作"有爪动物门"的类群，因其粗糙的体表触感近似天鹅绒，而得名"Velvet Worm（天鹅绒虫）"。据说，这种动物的祖先，正是来自五亿年前的寒武纪的，在动物诞生伊始，名为叶足动物的生物。

数亿年来，这些蠕虫与另一类被称作"缓步动物门"的微小生物，同为叶足动物的直系末裔，在地球上渡过了无数灾难，存活至今。

尽管如此，故事里的姐姐突兀提及这类动物的用意，我仍然不得而知。

也许是日有所思，夜有所梦。自从我查阅资料以来，我开始做一个奇怪的梦。在梦中，我变成了一条蠕虫，在古老的海洋中游曳，海水很快变得滚烫、黏稠、鲜红一片，像是一块巨大的天鹅绒，将我牢牢固定起来，把我吸收殆尽，无论是骨肉，还是灵魂，直至熔解。

我被噩梦折磨着。

冥冥之中，一个声音在催促我，必须得知那个故事的后续，得知姐姐的结局。

无巧不成书，两个月后，在一次学术界的餐会上，我有幸再次见到了林教授。

与上次见面时如出一辙，林教授依旧活跃，平易近人，没有丝毫身为大师的架子。我们相谈甚欢，仿佛多年未见的老友。

林教授说，他读过我的采访，很欣赏我的文笔，还用文章中对他"时间引航人"的夸张描述打趣。

有意无意间，我向林教授提到了天鹅绒虫，以及上次未讲完的故事。林教授有些惊讶，他没想到我会如此在意。

沉思片刻后，他把杯中酒一饮而尽，然后盯着我，认真地问道："老实说，这不是什么有趣的故事，记者小姐，您确定真的要听吗？"

我也举杯致意，请他继续讲下去。

于是，林教授向我娓娓道来了在那之后发生的故事。

五

姐姐依旧如往常一样，整天把自己锁在卧室中。

林家夫妇嫌弃女儿一天到晚待在家里，常在女儿卧室门口唠叨，要她帮忙做家务，或者出门散散心。大薇充耳不闻。

某天，不顾大薇与小威的反对，林父强行拉着女儿出海捕鱼——自从高中时的那次意外后，大薇再也没有接近过大海一步，这是她第一次又坐上父亲的渔船。

小威并不知道父亲和姐姐在海上遭遇了什么，他只记得，那天，他们抓回来一条样貌奇特的鱼。怪鱼的体型非常大，呈梭形，深棕色的皮肤上遍布白色斑点，双鳍十分宽厚，数根骨刺从鳍中辐散而出。

不只是林家夫妇，小渔村里没有一个人见过这种怪鱼。小威更是翻遍了《海洋生物图鉴》也没找到这种鱼。

村子东边罗家的大儿子赶来了，他在大学里专攻海洋学，现在正休假在家。那人一眼就认出了这条怪鱼的真实身份——矛尾鱼，总鳍鱼类中唯一的孑遗种，属于腔棘鱼目，海洋的活化石。

大学生告诉林家夫妇，这种鱼原本应该分布在印度、非洲沿岸，中国从未有过这种鱼的目击报告，因此这条鱼非常珍贵，必须立刻上交给国家。

林家夫妇并不懂什么是矛尾鱼，什么是孑遗动物，只是听到"活化石"三个字，联想起了熊猫——私养熊猫，毫无疑问会坐牢，那捉住这条鱼，恐怕也是同罪才对。林家夫妇吓得任由那人摆布，乖乖付了几百块的"研究费用"，任凭他把这条鱼带走了。

矛尾鱼被带走的那天，大薇姐姐久违地露出了如释重负的表情。

"还记得姐姐说过的话吗，小威，姐姐很快就要动身离开这里了。"

小威盯着姐姐的脸，想说什么，却被一种难以言述的情绪梗住了喉咙。

自那之后，大薇姐姐似乎变了个人。她不再抗拒大海，常常一个人在海边散步，一言不发，眺望着夕阳下的海平面。海风吹过她的小腿，拂起睡裙的衣摆，露出那道曾让她无比畏惧海洋的疤痕。霞光映照着疤痕，明亮，鲜红。

几天后，姐姐突然大病了一场，高烧不退。

林家夫妇请来了许多医生，甚至是道士，都没能治好大薇。束手无策时，邻居家的老太婆说，省城的医院里有一位专家，专治各种疑难杂症，村子西边陈家儿子的高烧，就是在他那里治好的。像是抓住了救命稻草一样，林家夫妇立刻四处托关系，终于挂到了那名专家的门诊。

然而，一系列身体检查后，专家却说，大薇的身体非常健康，没有疾病。他建议林家夫妇求助心理医生，大薇需要的也许是心理疏导。

从省城回家的路上，父亲一言不发，母亲则不停责骂女儿在装病。

大薇只是看向车窗外。

小威眺望着姐姐眼中反射的大海，广阔，风平浪静。恍惚间，小威被姐姐眼中静滞的湛蓝色所吸引 —— 这是第二次了 —— 他的心中，冒出一种难以描述的情绪，他在那一瞬间，似乎能理解姐姐眼神中包含的意义了。

"姐姐的归宿不在这个地方。"小威想起了那天姐姐说过的话。

于是，大海派遣古老的鱼类，游向海面，为她送来了邀请函。

姐姐也许是真的要走了吧。

六

回家后，大薇的身体每况愈下。

林家夫妇轮流在家照顾着女儿。

大薇高烧越发严重，时常失去意识，又在呓语中醒来。小威常常见到母亲一边换下大薇额头的湿毛巾，一边又在大薇枕边唠叨，埋怨女儿装病，不好好起来工作，不给弟弟挣学费。

母亲唠叨着，就会忍不住背过身去，偷偷抹掉眼泪。

隔壁老太婆又说，附近另一个渔村里，有一座妈祖庙，颇为灵验。村子南边黄家的儿媳妇，不孕不育，在那座妈祖庙里每日祭拜，不出一年，竟给黄家生下了一个白白胖胖的男孩子。

于是，林家夫妇每天准时中午动身，前往邻村祭拜，恳求妈祖娘娘治好女儿的病。

依然是某个午后。父母已经出发，只剩小威待在客厅里，百无聊赖地翻着书。

忽然，大薇走出了房间。她身着睡衣，双脚赤裸，苍白无力的嘴角上挂着温和的笑容。小威想要扶着大薇姐姐回床上休息，姐姐却摆摆手，虚弱地说道："给姐姐买个冰激凌吧，小威，我想吃冰激凌了。"

小威飞快地跑去小卖部。

路上，小威拼命奔跑着，一秒也不敢怠慢。小威自己也说不清他在害怕什么，那是一种直觉，一种孩童原始的恐惧感。小威总觉得，只要他晚一步进家门，姐姐就会消失得无影无踪。

所幸，姐姐并没有消失。

姐弟二人坐在离家不远的沙滩上，吃着冰激凌。

看着姐姐被病痛折磨得几乎毫无血色的脸颊，小威终于再也无法忍受下去了。毫无来由地，小威开始止不住地掉眼泪，他抽泣着，口齿不清地对姐姐说道，他希望姐姐的病能早日养好。要是姐姐能快点好起来，他就拿出以后全部的零花钱，给姐姐买上好多冰激凌，让姐姐怎么吃也吃不完，而且，他还要买最贵的冰激凌，买那种在省城便利店里看到过的日本进口冰激凌。

姐姐抚摩着小威的脑袋，只是笑了笑。

随后，大薇姐姐拉着小威的手，一起站起身来。海水涌上前，没过姐弟二人的脚背。

"对了，小威，你现在知道天鹅绒虫是什么动物了吗？"忽然间，大薇又问起了那个问题。于是，小威老老实实地，将之前从罗家大哥哥那里问来的知识原封不动地复述给了姐姐听。

"你懂得还真多，小鬼头。"姐姐微笑着，"天鹅绒虫，它们是从非常古老的世界来的。最初，大海还是一片死寂。然后，海底喷出了岩浆，生命从水与火的间隙中诞生。再往后，有了细胞，有了蠕虫，进化出世间万物，只剩下天鹅绒虫还保留着最原始的姿态，见证这一切，直到现在。"

大薇姐姐松开了小威的手，独自一人迎着海洋走去。

"世界上的一切生命都是从大海，从那条水与火的间隙中演变来的，有朝一日，也一定会还原成那样的姿态，回到海中，回到缝隙里，回到这颗行星诞生之初的那一刻。"

姐姐平静地叙说着，双眼眺望远方，湛蓝色从海平线上一路涂抹而来，也晕染进姐姐的瞳孔之中。小威执着地注视着那片驻留在姐姐瞳孔中的大海，仿佛置身其中，听见那里摇曳的水浪与海风，与某种广袤、平静，却过于悲伤的歌声。

姐姐回过头，与小威对视。

突然，毫无征兆地，姐姐浸泡在水中的皮肤开始像玻璃一样破裂。

无数道可怕的裂痕，沿着姐姐小腿的旧伤向上攀爬。

鲜红的血注入海水中，絮状扩散。

小威慌张地跑进水里，他要把姐姐拉离海水——然而那些血液并没有溶解，鲜红色在海中聚合起来，化为一条条形态怪异的蠕虫，游曳向海中——小威因害怕而驻足，一不小心，他摔了一跤，跌入水中。

海水灌入他的口腔，回忆也一并涌入脑海。

红色幕帘溶解在海水中。

小威想起来了，他终于回忆起了那一天发生过的事情——当姐姐奋不顾身地冲上前，把他从海浪中夺回时，礁石划破了姐姐的小腿，殷红的血液染透了海水，旋即却又聚合，变成无数蠕虫。一条条形态各异的蠕虫或带刺，或带鳞片，或身体柔软，从姐姐的伤口中鱼贯而出。它们摆动着身体两侧小巧的、灵活的足，被海浪卷走，消失在大海深处。

这幅景象过于惊悚怪异，年幼的他下意识选择了忘记。

"小威，对不起。再见。"姐姐的声音仿佛从遥远的天边传来。

小威努力睁开眼睛，发现自己竟不知何时被冲到了更深的海中。

他看见大薇姐姐在不远处的水下，微笑着向他挥手。紧接着，姐姐宛如一块方糖般，悄无声息地融化在了海里，化为血浆，变出无数条蠕虫；不一会儿，蠕虫也在海水中溶解殆尽。四周开始变热变红，愈加黏稠，散发出有如蜜糖般香甜，又夹杂些许百合花芬芳的味道。

小威无声地哭泣着，呜咽着，徒劳地向前伸出手。

一股暖流从不知什么地方冒出，强有力地托起了小威，将他送回了岸边。

当小威醒来时，已是傍晚。

夕阳洒满水面，宛如一块巨大的天鹅绒。

七

故事到此为止。

"她就这样逃走了，逃向深海，不留一丝痕迹。"

我感到不可思议——故事的结局实在太过离奇，不合常理，却又与我的那个噩梦如出一辙。

林威教授说，自从那天开始，他的姐姐似乎完全消失在了世界上一样。父母、邻居，甚至是医生，都完全忘记了"林大薇"这个人的存在。她的房间、物品，全部彻底消失在了那个小渔村平淡的生活中，找不到一丝痕迹。

唯一还记得她的，只有小威一人。

也许，正是大薇姐姐消失前的那番话，让小威对大海所孕育的生命有了兴趣，才成就了如今的林威教授。

这段故事萦绕在我的心头，久久难以消散。

我情不自禁地思考起大薇离开的原因。

不知为何，我能够想象出她告别时的表情。那双映射大海的眼中，一定饱含着不舍与悲伤，却又无比决绝——这也许是出于身为记者的本能，我见过太多人间世事无常，深知那些出世者不被理解的孤独与痛苦——因此，大薇选择了离开，如她所说一般，变换姿态，最终回归到了生命起源的那一刻。

在那之后，海洋研究所又陆续公布了一些有关薇虫的研究成果，我也得以采访了数名与林教授一样同在海洋研究所工作的学者。

采访时，我总会提起林威教授，以及那不可思议的关于天鹅绒虫的故事。

对此，那些人的反应出奇地一致。

他们笑着告诉我，林威教授最擅长的，就是编出各种天花乱坠、跌宕起伏的故事，哄骗像我这样的年轻记者。关于他是如何选择成为一名海洋生物学家的故事，光是给这些同事们讲过的，就有不下十个版本。天鹅绒虫的故事，估计也只不过是他借着薇虫这个话题，临时想出来的新故事罢了吧。

直到最后，我也无法判断，林威教授讲述的故事，究竟是真是假。

只不过，深夜回到家中，当我打开电视时，新闻里又在报道着林威教授以及他发现的薇虫。凝视着屏幕里那条摆动身躯、自在游曳的蠕虫，联想起那个变成蠕虫、在海中游曳的噩梦，我的心中忽然涌出一股莫名其妙的悲伤，一种本能般的，难以言表、不可名状的冲动。

自此，我再也没有做过那个梦。

计时纪元

作者：五月羽毛

一开始，没有人在意那数字是什么意思。

这个世界充满了数字，我们看到的，我们看不到的，我们看到却本能忽视掉的。

无论它有意义还是没有意义，我们总是无时无刻不浸泡在数字的海洋当中。

42

当那数字扩大到我们不得不重视的时候，它显示的是42，至于它是从哪个数字变化过来的，又是从什么时候开始计数的，我们就不得而知了。

也许它从远古时代就存在了，随着我们文明进程的变化，它也在不断变化着不同的文字，让我们能够顺利解读它，今天我们看到的是阿拉伯数字，但或许这几千年来，世界的某个角落中都有这样一个鬼魅一般的数字一直在默默跳动着。

那一天太平洋上升起了一连串巨大的水幕，它们足足有五十米高，互相连接，无视洋流和风力的作用，就这样孤傲地立在大海当中，仿佛是来自异世的使者一般，和周围的一切格格不入。它的突然出现导致一艘渔船被掀翻，也正是这场无妄之灾让人们终于注意到了倒计时的存在。

从空中俯瞰整个区域，会发现数道完全一样高的水幕组成了阿拉伯数字42，它是如此规整，每一道笔画都标准无比，没有人会相信这是自然出现的产物，一时间猜疑之声群起。即使各国都在有意地封锁情报，然而有些东西无论如何都是堵不住的，毕竟如此巨大的神迹就屹立在大海中央，甚至路过的民航客机飞得稍低一点都能看到这巨大的数字在阳光下熠熠生辉。

大国研制的末日武器、外星人传来的信号、地球只是一个试验场，甚至还有人说这是神给予人类的警告……各种各样的猜测层出不穷，这是一场阴谋论者和神秘学爱好者的狂欢，这确确实实出现在眼前的奇迹可比蜥蜴人和共济会有炒作价值。

别有用心者和悲观主义者先带起了第一轮狂欢，接着是如嗅到血的苍蝇般赶来的媒体，最后是那些被他们煽动起来的普通人，几乎没有人不在讨论神秘数字的事情。

所有社会热点、娱乐八卦在这场狂欢之中都要为神秘数字让路，它的话题度一骑绝尘，只要是关于神秘数字的报道，不管写得多烂、多没营养都能受到大量关注，所有人都如饥似渴地关注着关于神秘数字的一切新进展。支持和外星人对话的狂热者们还在巨大的水幕旁边搭建起了小一号的42，它被搭在珊瑚礁基地上，由大量铁架和氖气灯组成，每到夜晚就会朝着天空闪烁光芒，希望来自天外的来客能同我们建立交流。然而除了星空，一片死寂，无论人们怎么呼喊都没有任何回应。

就在支持各种学说的人们吵得不可开交的时候，神秘数字突然发生了变化。

那水幕原本稳稳当当地竖立在太平洋中央的塔希提岛附近，却突然毫无预兆地在十几万朝圣般的游客的注视下崩塌了。

那仿佛万年亘古不变的水墙就这样突然倒塌了，还没等所有人从震惊当中回过神来，一面新的水墙又从海洋当中诞生。

这一次全世界都看清了它是如何被创造出来的：大量的水被凝聚成方块，缓缓从海中升出，没有人能解释它是如何形成的，人们监测不到磁场和引力的变化，可水幕就是在所有人眼前快速拔出海面，仿佛一只看不见的巨手在搭积木一样，很快，一个新的数字被搭建了出来。

41

无以复加的震惊之余，一股更强大的恐惧感在人们心中悄然蔓延开来，这个神秘的数字……

是一个倒计时！

一、倒计时

倒计时纪元到来了。亲眼见证了这不可思议的力量之后，人类对它充满了恐惧与敬畏。

然而倒计时又预示着什么呢？它又是何方神圣创造的？强大的宇宙掠夺者来袭前的预警？来自友好文明给予人类的警告？

抑或是我们不可名状的造物主打算重启我们的宇宙？我们该做什么？又能做什么？

这些问题没有答案，却又有无数的答案，毕竟这两个数字能传达的信息太少了，而别有用心的人可以拿来做文章的空间又太大了。

世界末日，这是最先被想到也是人们最惧怕的一个答案。比起利益，事实上恐惧更能驱使人们做出行动，给你一箱子金币让你跳过一个危险的悬崖，只有少数勇敢者愿意尝试，然而当背后是一只致命的猛兽在追杀你时，绝大部分人都愿意拼死一搏了。我们无法想象，除了世界末日，还有什么能让所有人无比团结地组成一个整体。

根据多个组织进行的调查显示，有百分之四十的人相信倒计时是厄运的象征，它结束的那一天，地球将大祸临头。关于倒计时的猜测依旧众说纷纭，但是没有人能拿出哪怕一丁点儿的证据，民间组织和狂热分子大行其道，几个末日派的头目公开表示自己感应到了外星文明的信号。

当然，有悲观的人，自然也会有乐观的人。相当一部分民众认为倒计时未必代表坏事，它或许预示着新时代的来临，反正在它到来之前，谁也无法知道究竟会发生什么，那还不如好好过好自己的日子。

世界各国政府也都在积极组织应对方案，联合应急小组部署在水幕周围，严密监控水幕的状态，只要出现任何变化就会立刻上报，而对于近地轨道的侦查也在紧锣密鼓地进行着，想要知道倒计时的意义，最简单的办法还是寻找制造它的人。然而针对水幕的调查一直一筹莫展，这么长时间过去了，人们依旧没有搞清楚它是如何形成的，是什么力量在维持它不倒塌，又是什么机理让它产生了变化……

就在各种问题层出不穷之时，水幕无声地解答了其中的一个——倒计时究竟是以多长时间为单位的？答案是一年。

距离神秘数字变成41之后整整一年，太平洋上的水幕突然发生了变化，和上次一样，它崩塌落入海面后又快速重塑，这一次它果然变成了40，和上一次变化的时间间隔正好是一年，一分一秒也不差。

这一次倒计时又给了人类一个惊喜，这一次水幕不再是一个，而是五个，在太平洋的倒计时走动的一瞬间，全世界范围内又出现了四个新的倒计时，它们分别位于黑海、印度洋南部和亚得里亚海沿岸，五个巨大的40大小一致、方向一致，它们突如其来的出现阻断了当地的海上航线，不过最让人担心的还是它继续发展下去所造成的影响。

联合调查组曾经尝试研究水幕，可从巨大的字体上取下样本后，海水会快速失去可塑性，变为再普通不过的水，而水幕会从海中吸取等量的水来补充损失掉的部分。取出的样本经过测试没有任何异常，只是普通的水。直接进入水幕内部也找不到任何线索，里面的压力和磁场都和普通的海水无异，或许造就它的那个文明的技术超越我们太多了吧。

但我们也并非一无所获，至少我们知道……无论结局是好是坏，我们终将在四十年后的今天，迎来倒计时的最终答案。

倒计时变更的那一天，秦泽的船正好停靠在黑海南部的一处港口中，他也自然成了第一批目击者，当时他正坐在一家小酒馆中和当地的水手聊天，突然外面传来一阵骚动，他原先没当一回事，后来看到电视上的报道后才知道发生了什么，于是开着船赶到了事发海域。

亲眼看到倒计时水幕时感受到的震撼是相当惊人的。秦泽开了十年货船，也算是走南闯北见多识广了，他见过撕裂大陆的裂谷，也见过直连天际的瀑布，可真正见到如此违背常识的奇观时，他还是感觉如此不真实。

"愿神佑世人。"

秦泽默默对着水幕祈祷，正想驾船离开，突然背后传来一阵惊呼声，和他一样驾船赶来观看水幕的人群突然沸腾了，他们指着水幕旁边的一片海岸惊叫连连。

"怎么回事？"船上的水手举着望远镜也没看清那边发生了什么。

"不清楚，过去看看吧。"秦泽把自己的船开过去，刚一靠近他就看到了一团团黑影在海面下移动，它们似乎有着某种规律，慢慢地从周围的海域聚集到一块。

秦泽对这种生物很熟悉，所以很快便认出了它们。

这是一群虎鲸，但很难把它们称为"一群"，因为自然状态下的虎鲸不可能形成如此之大的聚落。

"二十一……二十二……二十五，天哪，到底有多少只。"水手看着海面下攒动的虎鲸惊叹道。

"少说有上百只，而且还越来越多了。"秦泽道。

"它们来这里做什么？"

"不知道，这里不是虎鲸的栖息地，它们可能是受到了水幕的影响。"

"太可怕了。"

二、鲸之眼

秦泽望着海面感慨万千，他对虎鲸有特殊的感情，他就是在这艘船上结婚的。当时因为一些小事和婚姻登记处的员工吵起来了，一气之下秦泽带着未婚妻开船去了公海。

公海不受任何国家的法律约束，船长可以为乘客宣布结婚和离婚，回到本国后依旧有法律效力。秦泽自己就是船长，事情就更简单了。就在他和未婚妻站在船头交换戒指的时候，一群虎鲸突然从他们的船边游过，硕大的尾巴划破海面把晶莹的海水抛向夕阳，秦泽就在它们的见证下完成了仪式，和自己的爱人结为夫妻。

虎鲸是对人类非常友好的动物，它们是非常凶残的顶尖掠食者，海洋中的霸主，但全球范围内只出现过一起虎鲸袭击人类的事件，还是在那只虎鲸从小脱离群体又被饲养员虐待的情况下发生的。它们是社会性动物，有自己独特的语言和文化，并且代代相传。在捕鲸时代，人类的捕鲸船在各地的海洋上活跃，但是虎鲸不属于捕鲸船的猎物，虎鲸凶悍危险，而且总是成群结队地出现，最重要的是它们的油脂含量不高，所以猎杀它们很不划算。捕鲸船的首选目标是长须鲸和抹香鲸，而这些鲸类也是虎鲸的捕杀目标，于是人类便和它们成了并肩作战的伙伴。当时的捕鲸船会和虎鲸一起围捕其他鲸鱼，这是一幅十分魔幻的画面，但它确实是真实发生过的，由于船上载重有限，船员们往往会把值钱的鲸油取走，肉就丢进海中送给虎鲸，久而久之，虎鲸便教育后代与人类和睦相处。这个种族的记忆力很强，即使在捕鲸时代已经过去很多年的今天，虎鲸对待人类的态度依旧很友善。

不知道是出于贪玩还是其他原因，那群虎鲸一直跟着秦泽的船，好奇地观察着他，用人类听不懂的优美语言高声吟唱。两天后秦泽在一座小岛上登陆，它们才逐渐散去。

那段记忆是他生命中最美好的时光之一，而今天再次见到这么多数量的虎鲸，秦泽却感到一阵心慌，大洪水前蚂蚁会搬迁，大地震前鸟群会集体躁动，如此之多的动物聚集往往不是什么好事。

虎鲸们争先恐后地绕在水幕周围，逐渐形成一个大大的圈，黑白相间的头部不断露出水面，像是在仰望着什么，接连不断的鸣叫组成了一曲优美婉转的鲸之歌。虎鲸的数量越来越多，海面也变得越来越拥挤，秦泽甚至怀疑是不是全世界的虎鲸全都赶到这儿来了，看来受到倒计时影响的不止人类……就这样，虎鲸们在水幕旁欢歌了几天几夜才离去。

比起接连出现的水幕，虎鲸的异动就没有这么引人注目了，毕竟大灾之前总会有动物预感到征兆的，可一周后秦泽才知道，事情并没有这么简单。

"我们发现了外星飞船！"一群租用了秦泽轮船的学者酒后激动地对他说道。

"倒计时的外星人吗？"

"不知道，但确实有一艘飞船在天上，我不知道该不该称呼它为飞船，它足足有澳大利亚这么大，倒金字塔形的。"说话的人叫艾格，是个戴着草帽、顶着大肚子的白胡子老头，他曾经是研究倒计时的应急小组成员，后来被一个民间集团高价挖了过来。

"你不相信吗？"

"如果真的有飞船……为什么我们之前没有发现呢？"秦泽不解道。

"兄弟，"艾格打了个饱嗝反问道，"如果我说我的车库里有条龙，你要怎么证实呢？"

"什么意思？"

"就是你怎么证明这条龙真的存在。"

"直接打开看不就好了。"

"不不不，"艾格老头挑了挑眉，露出一个奸诈的坏笑，道，"这条龙是隐形的，而且它的龙鳞可以吸收一切可见光和声波，它可以自由地改变自己的形态，能够把自己变得像气体一样稀松，无法触碰，并且我们已知的任何检测手段都对它没有作用，那么你如何证明它存在？"

"那怎么可能证明？这是个伪命题。"秦泽感觉自己受到了戏要。

"我们做到了，我们证明了这条龙是存在的。那艘飞船就是车库里的龙，我敢保证它的外层一定被某种屏障覆盖着，它吸收了一切频段的电磁波和可见光，又制造出完全一样的波段从屏障的另一边释放出来，并且可以让自己隔绝于引力场之外；它不对任何星体产生影响，其他星体也不会影响到它……这样它就等于不存在了，可它确确实实就飘浮在我们的大气层外，而且已经不知道多少年了。"另一个学者拿出几个瓶盖在桌子上摆着，一个大的是地球，另一个小的是月球，一枚带壳的花生放在另一边。

"你们怎么做到的？"

"不是我们，是虎鲸做到的。很庆幸我们看不见的龙，虎鲸可以看见，我们也不知道具体是用什么方法，我们对生物大脑构造和潜能的了解太少太少了……"艾格又闷了一大口酒，"但是我们解剖了十只出现在附近海域的虎鲸，取出它们的大脑，在它们的记忆区中，这片海的上空就是有这样一个巨型飘浮物。而且，还有一件事情可以佐证，当年苏联发射的通信卫星就是在那片区域突然失联的，如果真的有未知飞船也就说得通了。"

"仅凭这个真的能证明飞船存在吗？"秦泽还是觉得太过荒唐。

"管他能不能证明，总之这是目前对于倒计时研究最大的突破，我们能挣到盆满钵满！不知道多少人都盯上我们了，要不然我们怎么会秘密乘坐你的船回去呢？"

不可被探察的不明飞行器……自从出现了倒计时，任何奇怪的天方夜谭都不算荒唐了，秦泽觉得难以理解，但也不需要理解，很快媒体就会让你理解。

艾格和他所属的科技公司宣布了他们的研究成果，很快这个消息便席卷了全球，支持末日说的声音再次甚嚣尘上，一个科技水平比我们强大如此之多的外星文明就潜伏在我们身旁，而且已经不知道多少年了……这其中的恐怖有如每天睡觉的时候都有一把枪在抵着你的脑袋，而你却不知道什么时候会开枪，你甚至不知道拿枪的是谁，他为什么要杀你。

每一天都有关于外星人的游行者上街示威，每一天也都有派系领袖被另一派暗杀，他们中有迎接外星人到来的投降派，也有坚持要向外星人宣战的主战派，以及主张逃离地球的移民派。

对于秦泽来说，这一切都并不重要，他没有什么亲人朋友，父母多年前已经去世了，由于身体原因，他膝下没有儿女，唯一亲密的人就是他的妻子，妻子既是他的爱人，也是他最好的朋友，更是唯一的亲人。倒计时不是还会走四十年吗？他们十六岁那年便认识了，携手走到今天关系依旧很好，如今他们两个都超过四十岁了，等倒计时结束……他想，那时候世界和我们又有什么关系呢？

他能够理解其他人的焦虑和恐慌，但是没办法切身去体会，只要他还牵着那只手，他心中便毫无恐惧，护送艾格让他赚了一大笔钱，他们可以在宁静的乡下买一间屋子，总有些地方是远离人烟和喧嚣的，他们可以种一片田，每天坐在躺椅上望云卷云舒……

"你也是这样想的吧？"秦泽苦笑了一声把手里的鱼扔了出去，虎鲸欢快地腾出水面，将食物一口吞下。

它让身体浮出水面，靠在秦泽所站的木头栈桥上，翻着自己的肚皮让对方抚摩，秦泽和往常一样和它嬉戏，然而心中却思绪万千，他又想起了妻子。

她在两个月前在自家的院子里自杀了。自从倒计时出现以来，她便一直很焦虑，有时候她会假装释怀来安慰秦泽，但最终她还是选择了寻求解脱。秦泽明白她的想法，却无法切身体会她的感受……毕竟，人与人之间无论多么亲密，都是无法相互理解的。

"你为什么不走呢？"秦泽幽幽地对鲸鱼道，"你的同伴都去朝拜外星人了，你还留在这个破地方。"

"呜——"虎鲸发出一声长鸣，一甩尾回到水中。

几乎所有的虎鲸都聚集到黑海的水幕去了，而这只虎鲸却是个异类，它还独自生活在这片海中，甚至有一次搁浅在了秦泽老家的小渔村中，最后还是秦泽把它推回了海里，从此它就天天出现在这里。

望着它逐渐消失的背鳍，秦泽哼着家乡的小调，扛着鱼筐离开了。

二十多年前，他曾搂着一个年轻的姑娘在这座桥上跳舞，两人都笑得很开心，坐在岸边指着星空一直聊到深夜。他们不会聊到世界，那个时候也没有人在乎世界会怎么样……

三、朝生暮死

战争终究还是爆发了，人们对倒计时和那艘神秘飞船的研究没有任何进展，但世界局势却发生了巨大的变化，处于长期压抑中的人们越来越容易被挑起情绪，主战派获得了大量群众的支持。经过几年的政治变动后，联合政府终于做了最后的决定。

人类将对未知的外星飞船宣战！也向那噩梦一般的倒计时宣战！

引发这一切的导火线还是那可怕的倒计时……原先支持和平的声音和主战派势均力敌，但自从倒计时走到25之后，一切就都改变了。

那一天，纽约时代广场的大屏幕上显示出了一个大大的25，紧接着是全美洲，最后全世界。所有的电子仪器都受到了强烈的干扰，从民用的手机、电视、电脑到军方的战争武器，只要是带屏幕的东西全部都显示着这两个血红的数字。

从原始的阴极射线管到最先进的雾化投影屏幕都受到了影响，无论如何调整都无法恢复，除非断电。人类无法解释它是怎么做到的，就像无法解释太平洋上的水幕一样。只有联合政府军方手中还有仅存的量子点屏幕可以使用，好在倒计时只干扰了显示器，并没有对其他设备造成影响，然而这只是暂时的，明天会怎样，谁都不知道。

宣战后的第一年，全地球上的水幕已经增加到了一百二十个，激进的民众用无人机在巨大的倒计时上喷绘了各种标语，全民团结一致，情绪高涨，随时准备支援战争。

这是一场捍卫文明的战争，到第十五年的时候，那可怕的倒计时已经蔓延到纸质传媒工具上了，因为电子设备的干扰，传统媒体又成为主流，可一夜之间所有的报纸、杂志、书籍通通都变成了那噩梦一般的数字15……究竟外星人是修改了文字，还是修改了我们的认知，让我们无论用什么途径都只能看到15，这已经不得而知了，总之这样的绝望把人类逼上了最后的悬崖。

如果再不开战，再过几年，人类可能既没有能战斗的武器，也没有值得捍卫的文明了。

可就算宣战，也总要有个战斗的方式吧，于是联合政府军调用了大量核弹部署在未知飞船的打击轨道上，利用卫星近距离确认了飞船的位置后，人类孤注一掷地发起了饱和轰炸。

三千枚热核武器同时击中未知名飞船，那一刻，地球上的所有人都沉默了，或者说是被吓傻了——如此巨大的爆炸将大半个地球的天空都照亮了，天空中仿佛出现了第二个太阳，即使提前做好了防灾预案，但是核爆炸冲击还是对地面造成了巨大的破坏，随之而来的海位变化则带来了更大的灾难。

人类也在那一瞬间见到了未知名飞船的样子。它真的是一个巨大的倒金字塔，周围包裹着一层圆形的半透明薄膜，被核爆的能量染成了橙黄色，然后转瞬即逝。

战争在一瞬间开始，也在一瞬间结束。

倒计时没有消失，未知的飞船也没有消失，人类的全力一击没有对敌人造成任何伤害，未知名飞船又回归透明，义愤填膺的人们也回归死寂。

比倒计时更绝望的气氛吞没了所有人，或许我们从树上走下来开始，就没有遇到过如此无力的境地，紧接着，战争又爆发了，只不过目标不是未知名飞船了。

人类又开始表演自己的传统节目了，对外星人的战争无果后，矛盾强行被转移到内部：分裂联合政府的战争，飞船派对主战派的战争，还有全球各地层出不穷的起义……刚刚才扔出去了三千枚核弹，现在还在意这一枚两枚吗？

我们从双足站立、双手解放开始，就没有停止过战争和厮杀，我们杀死了屹立于大地之上的蛮荒猛兽；我们打败了比我们更聪明的裸猿同宗；我们曾高举木棒，又用青铜剑斩断木棒；我们曾挥舞青铜剑，又用黑铁碾碎青铜；我们曾高举长矛，又用铁蹄踏碎矛杆；我们曾策马骑射，又用弹丸穿透骑士的胸膛。我们不断用鲜血掩盖鲜血，又用硝烟遮蔽硝烟。千百万年前普罗米修斯为我们取来火种，如今我们可以亲手点燃太阳了，却要用焚烧自己作为代价。

　　倒计时还剩下三年，人类却亲手为自己画下了句号。

　　大战之后，一片荒芜，全世界已经找不到像样的人类聚落了，少数人躲在荒野中苟延残喘。太阳已熄灭，文明只剩下点点余烬。

　　唯有太平洋中央那道高达数百米的巨大水幕还静静竖立在那里，它越来越大，越来越大，直到头顶白令海峡，尾接赤道，即使从太空中也能清晰地看到那是一个整齐的1字。

　　多年以前人类所建造的42歪歪扭扭地摆在它旁边，好似一个小学生临摹的拙劣作品。

　　那艘不请自来、目的不明的倒金字塔形飞船还飘浮在地球上空，随着地球的潮汐锁定静静地运行着，和42年前没有任何区别。

　　蔚蓝的小球围绕着小星系中央的恒星又运行了一周。

　　随着飞船降临地球第42年的那一天的到来，太平洋上的巨大水幕有了变化，被人们称为审判日的最后倒计时到来了。

　　那个巨大的数字1落入了水中，紧接而来的却并不是0。

　　而是76。

与此同时，整个地球上所有的文字记载也同时被76这两个数字替代了，还残留有电力的电子仪器上写满了76，风中飘舞的残破书页上也是。此刻，每一个国家的国界碑上、每一个标志性建筑上、每一条街道的路牌上，都写着76。人类文明，从诞生到灭亡，都从未有一天如此完整团结过。

76这个数字有什么意义呢？

答案是没有任何意义，就像最开始的42和后面的倒计时一样。

又过了一年后，数字变成了83，同样没有任何意义。

这样的变化一直持续了上万年，每当这颗蔚蓝星球公转一周，上面所有的数字便会更替一次。

人类残留下的文明信息早已在岁月中毁灭殆尽了，书籍化作尘埃，晶体管逐渐失效，只剩下雕刻在岩石上的只言片语还在一年一度地更替着。

那艘飞船还在静静飘浮着。

时间，似乎没有在它身上留下一点痕迹。

数字就这样一直更替，直至三千万年后，连石碑都早已风化成尘，地球进入了又一个冰河纪元，太平洋上的数字都冻成了坚冰，大部分的生物在更替中消失，只剩下顽强的一小部分依旧活在厚厚的冰土之下。

地球上曾经出现过的三千多万个数字组合在一起，终于有了意义。

那是一串并不复杂的简化通讯码，后面的五百万个数字还附带了某种语言的编译词库。

它讲述了这艘宇宙飞船的来历，它们种族的特征、文化、政体类型、文明理念以及和平宣言。

　　但如今地球上已经没有能够回答它们的文明了。

　　飞船上，能够屏蔽潮汐力和电波的屏障之内，两个来自百万光年之外的天外来客正在交流着。

　　它们的电磁触角相互连接，发出排布成序列的电子信号，用这种方式进行交流。

　　"沟通建立失败，6546-aa上的生命无法与我们进行交流，这颗星球上的文明与我们的差异过大，恶劣的环境和过快的季节变更让他们无法迈向更高级的进化阶梯。"

　　"是的，我观察到了，这上面所有的生物代谢速度都是我们的上百万倍，这颗星球上的气温、湿度、电荷含量都很糟糕，它们必须用最快的速度发育成熟，然后繁殖、养育后代、死去。"

　　"太糟糕了！它们根本就没有办法享受生命，刚出生不到短短的一瞬间就会死去，这简直太压抑了，想象一下这样的生活，我都快喘不过气来了。"

　　"而且6546-aa星球上并没有任何生物进化出了记忆遗传和高效的信息传递。"

　　"不过即使靠着如此低下的文明发展方式，这颗星球上依旧诞生出了无比璀璨的文明，实在是令人震惊。"

　　"是呀，我收集了它们从繁盛到毁灭的全过程，可惜它们的时间尺度和我们的相差太大，无法和我们取得联系，这样辉煌的文明就像一颗宇宙尘埃一样悄然消逝了。"

　　"它们是一种呼吸氧气、幼体哺乳、生活在液体海洋中的碳基生物，它们将自己落后的声带系统升级，以发出高频的声波，通过这种方式它们得以互相传递消息。它们还用声呐编织出了伟大而庞宏的资料库，它们利用立体编译的形式来记录数据并且代代相传，同样的一段数据用不同的编译体系解读就可以翻译出不同的资料，正是如此，它们才能用如此落后的方式储存下相当于一千万个行星公转时长的史诗，关于种族，关于海洋，关于对生命的思考。它们整个大种群就像一个宝库，而每个个体都是一片密钥。

"除此以外，它们通过自身磁场与6546-aa的卫星磁场的微弱感应来观察宇宙，这是我们从未见到过的演化方向，它们也是6546-aa上唯一发现我们的存在的物种。"

"这简直像是存在于远古时代的神话。"

"敬！"

"敬！"

"我还发现了另一种裸毛的双足猿类，它们擅长在地表搭建巨大的建筑物，然而它们的文明和前者比起来不值一提。"

"它们似乎是靠高温传递信息的，我们收到了它们发送来的高温信号，不过太短暂了，我们没有分析出任何东西。"

"这都无所谓了，我们继续前进吧。唉，这颗星球是如此美丽，只可惜是昙花一现，我们才来了一会儿，它就从荒芜演变出了生机勃勃的世界，现在一切又归于寂静了。"

"踏入宇宙本身就是一件孤独的事情，希望在下一个生命的发源地能找到我们文明的知音。"

它们收回了各自的电磁触须，整个对话的过程又进行了相当于裸猿历法的三千万年。

麻将

作者：光道淑女

引子

"要是昨天没打红中就好了。"

凶真抱着方向盘，对着前面路口的红灯嘟囔。

那颜色让他回忆起昨天的牌局，自己差一只红中和牌，最后等不到就打了出去，结果自己的下家也在等红中。

"今天你别惦记那几个牌友了，除了陪我去商场，你哪里都不能去。"坐在副驾的刘丽用命令的语气说道。她正对着镜子精心修饰自己的妆容，她微微半侧着身，正好可以从车窗玻璃观察到凶真的苦闷表情。

凶真没想到自己会突然对麻将如此痴迷。那天出来聚餐，自己小酌了几杯，就被他们拉上牌桌，三两句讲清规则就开始上手打，一打就是一宿，次日清晨他涨红着双眼回到家，女友的絮絮叨叨已经被麻将碰撞的余响淹没了，他知道，自己有"瘾"了。

他整日对着研究所里动辄上百页的数据进行人工处理，然后整理成一篇篇报告，工作的热情早已消磨殆尽，他常常望着同处一室的那几个年长者的身影，想象着那就是二十年后的自己。

他依稀记得面试时，自己意气风发地阐述自己的研究愿景，几个面试官互相耳语了几句，他就顺利通过了。

后来他渐渐体会到，意志坚定的人往往不是鸡汤故事里的成功者，相反，他们更加容易被束缚和控制。

他看清了自己一直在追求的东西，那是一场一蹴而就的成功，像是久旱之后的一场暴雨。而麻将似乎可以为他带来这种体会，从那无序的牌堆中，错误的牌慢慢被排出，自己某一牌型完成的概率逐步增加，直到一张牌的花纹被指尖识别，或者从别人手中啪地拍出。

自己的人生像是一场希望渺茫的博弈，他听不到那"啪"的一声来结束自己的牌局，或者说，他不知道和牌的方式。

"滴——滴——"

几声喇叭打断了凶真的思绪，前面的红灯已经暗下，但是绿灯并没有亮起。

一名交警站在他车前二百米的位置，给他做了一个停车的手势。

他摇下车窗，探头询问道："警察同志，什么情况？"

交警走近了一点："前面突发事故，你们原地熄火等待指示，不得移动。"

"前面出事了，那我们可以右转绕路走吗？"

"再说一次，原地熄火等待指示，不得移动！"

刘丽啪地合上了化妆盒，双手交叉靠在座位上，右手中指不断扣着大拇指发出声音，宣泄着她的不满。

"别担心，时间还早，等一会儿路况好了，会安排我们有序离开的。"

"我说，和你出来逛一次街就这么困难吗？"

"突发状况嘛，谁想得到呢？"

"真是的，到底发生什么了，还不让绕路走。"

后面不明情况的车等得不耐烦，又开始鸣长笛，此起彼伏，像是进了一个系统故障的工厂，凶真摇起车窗，打开了空调和音乐。

昨晚整理数据到深夜，车里轻缓的音乐勾起了他的睡意。

梦里，他又来到了常去的棋牌室，但那张熟悉的牌桌上坐着的不是几个好哥们儿，而是女友刘丽。

"坐这里吧，我来陪你玩一把，如果你可以天和，以后我就不反对你来这里玩牌。"

"怎么可能？麻将天和的概率是三十万分之一，一个人打一辈子麻将也遇不到几次。"

"不，你遇到了，不然，你就不会在这里。"

"什么意思？"

"快坐下吧，不试试怎么知道。"

凶真从牌堆里随机向下抽了十四张牌，全部摊开，发现正是一个低概率的牌型——大三元。

"这副麻将怎么回事？"

"自然如此。"

女友冷峻的回应，让整个棋牌室开始颤抖。

他听到有人呼喊自己的名字，才从迷蒙中苏醒。

刘丽使劲摇着自己的肩膀："快醒醒，大事不好了，月亮掉下来了！"

一、收集者

前面指挥秩序的交警已经不见，车窗外的人纷纷离开车子，拿起手机拍照。

他仰头，看见一轮硕大的圆月横在远处的地平线，差不多占据了半个天空，让他一时分不清是醒了还是仍在梦中。以前出于猎奇，凶真和朋友一起观看过"超级月亮"，但现在望见的这个，应该叫"月亮巨无霸"。

"我的妈呀，这是怎么回事。"

"都和你说了，月亮掉下来了！"

"傻瓜，要是月亮掉下来了，我们这个沿海城市，早就被潮汐力所引起的海浪淹了。那肯定不是月亮。"

"你这个榆木脑袋，那些东西谁懂啊？我就觉得那是月亮。你说，一直往前开，是不是能开到月亮上去？"

"犯傻也要有个限度，现在情况不明，万一那是个大怪兽，我们不是羊入虎口吗？"

"我不管，你说好今天陪我逛街的，现在就开车陪我去前面看看那个大月亮！"

女友开始像个不明事理的小女孩儿一样撒泼要赖，凶真只能无奈地点火，趁着交警不在，准备往前开一点。

实际上，那轮月亮也深深地吸引着凶真，他也很想往前一探究竟。

他轻踩油门，朝着下一个路口前进。

后面传来了交警的声音，让他停下，平日里循规蹈矩的他肯定会乖乖停车，但这次，一种打麻将时的感觉涌了上来，就像那一晚他单吊红中，迟迟不到，最后拍出去便宜了下家，他觉得此刻要是停车，多半就成全了别人。

他猛踩了油门，扬长而去。"今年最后一次开车出门了，等我们回来，驾照就要被吊销了。"

"没关系，可以吊销我的驾照，反正我也不开车。"刘丽兴奋地摇下车窗，痴痴地望着前面。

凶真叹了口气，暗中祈祷前面不要遇到其他交警。

在行驶到五百米时，凶真发现了异样，前面的路上突然出现了一堵墙，制动减速已经来不及，在女友的尖叫声中，他们一头撞了上去。

凶真睁眼时，安全气囊并没有弹出，确切地说，他已经不在车里，周围是一个会客厅式的地方，前面放着一把黑色高脚椅。

"欢迎你，朋友，请坐。"天花板的位置传来了人的声音。

"你们是谁？"

"你可以叫我收集者，我们其实是邻居。"

"那个大月亮是你们的飞船吗？"

"不，那个只是我们用光学小把戏制造的幻象，目的是把你们吸引过来。很可惜，最后只来了你们，其他人都被拦截了。"

"我女朋友去哪里了？"

"你的同伴我们让另外一个人去接待了。"

"你们是来抓捕人类的吗？"

"不，我们专门收集各个文明的游戏，用于我们的宇宙学研究。今天是离开的日子，我们希望尝试做一次沟通，所以制造了这个会客厅。"

"这听上去不像一个高等文明会做的事情。"

"你可以这么想，但我的文明就是起源于游戏，你的也是一样。"

"此话怎讲？"

"根据我获得的信息，你十分痴迷于一种名叫'麻将'的古老游戏，它的常见玩法是，从四个种类共计一百四十四张牌中，轮流抽牌和出牌，直到凑齐特定组合获得胜利，也就是所谓的和牌。麻将的有趣之处不在于简单获胜，而是去追求一些极低概率的牌型组合。你们是一个痴迷'概率'的文明，概率就是某种经验的复现次数总结，就像你做的工作，把杂多的数据经过处理，分门别类，最后整合成有效的信息，并据此展开下一阶段的概率游戏。所以你们真理的样貌，一定是'清一色'的牌型，它抹除了混乱，纯粹简洁。"

"人类文明可不只是赌博这么简单。"

"赌博不失为你们文明发展的一个比喻，我们现在得以对话，有赖于你们拿到一手不错的牌。"

"那是怎样的牌？和牌吗？"

"智慧文明的游戏比麻将复杂了一点，起手和牌才正式开始，而游戏结束在和不下去牌时。"

"起手和牌了还会和不下去吗？"

"也许我可以给你讲一个故事，和麻将有关。"

二、墙

收集者的母星是一颗暴躁的气态巨行星，从外面看，它流光溢彩，景致非凡，仿佛画家混色的颜料板。

美丽的外壳下，厚重的大气裹挟着每小时八百千米的风暴，已经长达数亿年。

除了风暴，还有如蛟龙一样在云层中穿梭的闪电，给这个暗无天日的世界带去短暂的光芒，当然，也带来了生命的种子。

行星大气中主要充斥着氢和氦，也有少量的氧、碳和硫等元素，连绵不绝的雷暴让整个行星大气仿佛变成了一口高压锅，生命鼻祖的有机物就在这口锅中慢慢"烹饪"出来。这个环境像极了地球的原始海洋，足够复杂的化合环境是生命的摇篮。

这里是开局混乱的牌桌。

收集者的先祖，是一种游曳于行星大气中的自养型简单生命，通过摄入大气中丰富的氢元素保障生存，它们在数量上分布极广，但是感知能力极弱，除了自己的养料氢元素，其他一概不能感知，就叫他们食氢者吧。

食氢者的生命诞生于一次闪电的电解作用，在氢元素摄入饱和之后，它们与氧、硫化合成为别的物质，也有少部分缓慢逃逸到外太空。所以他们是简单生命，似乎只是普通的化学物质。

生命演化总是遵循着两条道路，往右走是一堵不可逾越的墙，即停止演化，保持现状，维系不能更简单的生命结构。像是地球上的"类病毒"——马铃薯纺锤体结节病原体，它们是纯粹的核酸生物，小得仅有1.1×10^5道尔顿，在没有宿主时，它们像是"死物"一样，而一旦侵入宿主细胞，又开始活跃地自我复制，这种介于"生命"和"死物"之间的幽灵，就在右边的墙下；仅有极少数的生命，踏上了左边的演化之路，参与到宏大的生命游戏中，但是他们将会经历更加严苛的考验。麻将天和，也就是起手即和牌的概率，低至三十万分之一，而在一颗气态行星上，产生生命，相当于起手天和且牌型是大四喜，往右走的生命，他的牌局就此结束；而往走左，相当于推倒重开，并且要继续和牌。

　　在成为智慧生物的路途中，起码有三道关隘，也就是三次和牌。首先就是带来有机分子的那一道"闪电"。宇宙是一个巨大的实验室，其中的行星千奇百怪，合成各种有机物的极端环境并不在少数，但能演化出简单生命的星体却十分稀有。（收集者文明并没有据此提出生命诞生的概率，在他们的文明中，概率论和统计学在宇宙学研究中并无价值。）

　　第二道关隘是动因，对于地球生命来说，遗传过程中发生的变异就是动因，它是生命种类趋向多样化的根本，也是迈向左边的第一步；但遗传并非完全是动因，它只是地球生命的特有机制，对于收集者来说，大气环境的恶劣和元素种类的稀少，让生命丰富化的动因大大削弱，也让食氢者几乎成为最完美的生命，它是右边墙下的王者。唯一能增强生命演化动因的，只有巨行星的引力拉扯而来的小型天体，它们会带来全新的元素，增

252

加演化的变数，即使如此，更近一步形同"海底捞月"，收集者是巨行星上唯一的智慧生命，他们认为自己的演化受益于外来的小行星，所以称呼它们为"第二闪电"（创造食氢者的是第一闪电）。

最后一道关隘是真正的地狱之门，那就是"游戏"。这一轮是智慧生命的主场，它们是宇宙中罕有的要"利用一切"的生命体。所谓智慧，不外乎是一切能量皆用，信息无所不依；文明开展的游戏，就是这个过程的缩影，生命借助游戏的形式模拟、映射、研究自己的存在环境，开发出各种理论来研究宇宙秩序。正是因为他快要无所不能，才越发受制于自己的智慧，物种要生存在环境中，而生存的行为却在修改环境，你对它施加的作用，会反向施加于你，像是一个背负石灰蹚河的旅者，行之愈深，负担愈重。这一轮的和牌是生死局，很多文明刚刚迈入这个门槛，就已经湮灭。

三、游戏

"可是我仍然不太理解，你们为何执着于收集游戏？"

"当你们的数学家毕达哥拉斯在沙滩上玩摆石子的游戏时，他已经开始把'数'这种不可见的概念引入到对世界的模拟中了，你们现在的发展依旧站在他的思路上 —— 用数学去模拟宇宙运行的规律。你的先祖，用吃剩的骨头，在平地上玩摆卦爻的游戏，最初的两爻是'阴'和'阳'，他们用两性分别来模糊推测世界的样态，直到那个叫仓颉的蛮人开创了文字的游戏，把整个文明逐步嵌套进'文化系统'之中。你们理解世界的工具，多是这些游戏的变种，统计学是游戏，逻辑学是游戏，物理学是游戏，哲学也是游戏。各种文明的游戏，就是我们研究宇宙文明的参考系。"

"你们，究竟在研究什么？"

"我们在尝证触碰'左边那堵墙'。刚刚和你说过，生命往右是一堵保持稳态的墙，往左是智慧之路，从一个更高的视角来看，往左走或者向右走，都是宇宙内在秩序的外化，宇宙中的物质与能量，似乎恪守着一条简洁的规律——趋稳定性，过多的能量会被释放，直到回归一个低能量的稳定态。质量巨大的恒星甚至只有几十万年的寿命，而只有一个电子的氢原子却遍布宇宙长达上百亿年，对文明而言，能量即一切，智慧文明尤甚。你们人类已经能够控制原子核裂变来生产巨大的能量，但由此产生的辐射和污染隐患，也在蚕食你们的生存空间；我们的文明早已发展到使用恒星级能量，但也深受困扰。智慧文明的发展像是一个堆乐高的游戏，再稳固的底基，也承受不住高度攀升后带来的势能。"

"恒星级别的能量还不够你们使用吗？"

"也许对你们来说一颗太阳就取之不尽，好比你们古代的农夫，一座山的木柴就让他享用不尽，可你们还是把蒸汽和电力发明出来了；对我们来说，这些能量是窃取而来的，是一种过度开采，宇宙不会做亏本的生意，它所遗失的，会从文明的另一边找补回来。能量缺失和耗尽对宇宙来说不过是物质形态的变换，对一个智慧文明来说是灭顶之灾。我们已经撞到了'左边那堵墙'。"

"那是一堵什么样的墙？"

"和右边那堵墙一样。"

"什么意思？"

"我们把它叫作终极演动，智慧文明会在到达一定阶段后，朝它原始的生命态做渐进回归。对我们来说，就是向祖先食氢者回归。想象一个无风的湖面，任何扰动都会让它泛起涟漪，然后逐渐扩散，最后因为水面张力又回归平静，这个水面张力即文明的内稳系统。而对于我们这种晚期智慧文明，内稳系统趋于失效，哪怕是轻微的扰动也会是灾难，为了管控风险，必定让整个社会结构进入板结，就像把湖水冻住防止涟漪，而板结的社会只是稳固的假象，只要文明扩张的诉求永不止息，它就会加倍承受更大的风险。你们的星球上遍布着大量无法参与自然循环的垃圾 —— 地下深埋的核废料、海洋中漂流的聚乙烯、在星球轨道上高速飞行的航天废件，这是你们享受技术进步的代价。信息社会属于中期智慧文明，信息的流通和阻塞就是你们社会的命脉，所以诞生了大量如你一样的垃圾清理员。"

"我不是垃圾清理员，我是数据分析师。"

"信息也会产生垃圾，对其分拣和归类的工作者，和使用体力的环卫工并无区别。"

"喂……"

"而到我们的阶段，文明为了避免发展中的系统性危机，一体化倾向十分普遍，像是祖先食氢者一样，把最繁复的分工压缩为一个个体，自我哺育，自我生长，文明蜷缩成一个巨大的生命体。但如前所说，这是虚假的稳固，我们无法像祖先那样摄取简单的能量就足以维系生存，也明白这种文明危机深重，所以才有了我们——收集者先遣队，探访各个文明，研究智慧生物的未来。"

"听起来，你们和祖先的生命形态只是貌合神离。"

"确实如此。"

"可是宇宙如此广大，里面的能量用个几百亿年也没有问题吧？何必想这么远呢？"

"左边那堵墙是有实体的，那就是半径五百万光年的本星系群，那是文明的旅行极限，宇宙的加速膨胀，也让本星系群外的星系都在加速朝我们远去。那些无法抵达的区域大概占可观测宇宙的96%，我们的能量使用其实限制在了这个4%的小区域里，这里面我们已知的智慧文明不多，但是越晚期的技术，对能量的需求也会呈指数级增长。但这仅仅是预测，我们还没有到达那个文明阶段。"

"难道没有任何办法了？智慧文明为了生存，任何技术都能开发出来的吧。"

"这不是有没有办法的问题，刚刚已经说了，文明的发展会带来成倍的危机，但又必须发展不可，那堵墙是警告，又或者是尽头，不得而知；有没有文明越过那堵墙，他们命运如何，不得而知；只有最后的幸存者才清楚。也许你们的文明会成为那个幸存者，我已经收集了你们所有的'游戏'，如果你们最后成功了，我们也就有了发展的方向。"

"高阶文明竟然要参照低阶的文明，真是不可思议。"

"没有高阶和低阶的说法，一个驾驭恒星能量的文明，未必比只能利用微量太阳光的藻类文明要高明许多。"

"那么，我们能够对话，是因为都陷入和牌的生死局了吗？"

"和牌也许是尽头，那意味着文明湮灭；也可能是短暂的喘息，然后进入下一个更严峻的态势中继续和牌。"

"总之，都没有一个好结局。"

"现在下断言为时过早。你们的文明有很多童话故事，说尽头处是美好的世界，我很喜欢，也一并收集了。时候到了，我得走了。感谢你与我的交流，按照你们文明的传统，造访者应该送礼物，这是我从月球土壤里采集加工的一小块固态氦-3，能量大致够推动一艘飞船，也许在未来的什么时候，你用得上它。"

周围的景象慢慢变淡，凶真似乎是想到了什么，他冲着收集者声音消失的方向喊道："太阳系也有一颗气态巨行星，那里也有生命吗？"

"那是我过去的故乡，一开始就说了，我们其实是邻居。不过，希望你可以保守这个秘密。"

尾声

"你们还会再来吗？"

凶真没有得到回应，这个创造出来的会客厅刹那间就消失了，而他就像突然从梦中醒来一样，端坐在驾驶位上，刘丽也醒了，呆呆地望着前方。

"我们，刚刚，是不是撞到墙上了？"

"你还记得什么吗？"

"好像被一个人带到月亮上了，说是收集什么东西。月亮好丑哇，坑坑洼洼的，像是刚刚打过仗。"

凶真低头，看见手里有一块方形的石头，上面刻着一个红色的"中"。这就是收集者的礼物，蕴含着巨大能量的固态氦-3，很难想象他们用了什么技术，把这样一个即使降温到绝对零度也无法固化的元素，变成一块可以拿在手里的麻将。也许只是个骗局？再说，即使这真的是固态氦-3，一个普通人又能拿它来做什么呢？

鸣起的警笛打断了他的思绪，执法交警马上就来了，凶真把那枚"红中"揣进兜里，打开了车门，争取宽大处理。

那天晚上，他错打红中没能和牌，现在他知道了，自己的文明也还没有完全和牌，还没有来到那一堵墙前。即使收集者讲了很多，但一个那样程度的文明，对他来说还是太难想象。

他明白自己，或者是同胞如此痴迷概率游戏，也许是把命运也当成了概率游戏。在那压倒性的湮灭后面，藏着一丝丝微小的生机，毕竟智慧文明就是这丝生机连续缔造的奇迹，他们是幸运儿，亦是幸存者。自己往日那千篇一律的工作像是右边那堵安稳又无变动的墙，他现在只想赶紧脱离，走向那充满着变故和危机的左边，而手中这块氦-3也许就是下一个路口。

他找到了，自己人生的和牌方式。

神级文明

作者：杨建东

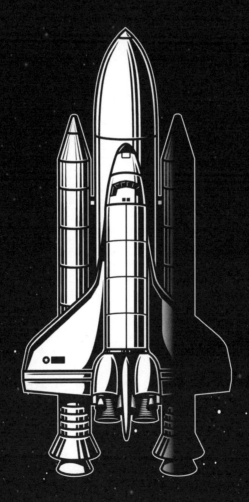

一

1991年，憨娃儿七岁。

憨娃儿出生在一座偏僻的小山村，村口朝着一座种满黄茶的小矮丘，连绵起伏的矮丘山脚下，是自家的十亩稻田地和几座零星碎散的小草庵老土房。

只要碰上日头晴好的时候，憨娃儿就会抱着一本皱巴的图画册坐在村口的风水石上，怔怔出神地望着远处田地里正在干农活的老爹。

憨娃儿很崇拜自己的老爹。老爹是个能人，村里人叫他"全把式"，憨娃儿特想学老爹的本事，可是老爹却坚决不让他下地干活，顶多只让他坐在远处瞧着。

老爹常告诉憨娃儿说，只在麦田里混饭吃，顶了天了只能奔个饱腹，日子还是很苦，等憨娃儿长大了，可千万不能学老爹。

"一定要读书，要有出息，绝对不能再干播田种地的活儿。"

那时候，憨娃儿直愣愣地瞪大了眼睛，似懂非懂地对着自己满脸霭泥的老爹连连点头，嘴里呜呜应和。

一个又一个秋天，憨娃儿看着老爹在田里弯着腰，割下一兜兜的金黄稻谷，一大滴一大滴的沉重汗珠从他额上扑簌落下。那时候，憨娃儿就穿着沾满黄泥的雨鞋，举着水壶吭哧吭哧跑进泥地里，给老爹递上一碗清凉的水。

每当这时，老爹脸上的抬头纹便会挤成一捆，他接过憨娃儿手里的水壶，然后严肃地指着稻田的边缘地，道："读书去。别耽搁时间。"

憨娃儿不敢惹毛自己的老爹，只好悻悻地拔腿离开田里，去村口的风水石上重新捧起自己的课本，一字一顿地背诵。

为了让憨娃儿去镇里念书，老爹卖掉了家里两头宝贝的老黄牛。

靠着一副挑灯夜读、宵衣旰食的憨劲，憨娃儿在班上的读书成绩也是顶呱呱，最后顺利考上了一所一本大学。

憨娃儿也出息，读了本科又自己打工读了研，之后又考上了省公务员。憨娃儿从一株小苗子长成了能独自挡风挡雨的参天大树，憨娃儿老爹却老了。他的头发被风雨吹白了，就像是爆开的白棉花，耳垢也多了，就像是积了多年风尘的破窗框，再要下地干农活已经没有以前那么容易轻松了。

老伴儿去了以后，憨娃儿老爹更孤独了。有时候，他会坐在村口的风水石上，默默抽着祖上传下来的旱烟，一边抽一边咳嗽，鼻腔和嘴角冒出白花花的烟气。

一抽，就是一个上午。

这天，村里细雨绵绵，地面蒙上了一层白纱般的薄薄水雾，憨娃儿老爹依然坐在村口的风水石上默默叼着旱烟，愣愣出神。滴滴答答的雨点汇成蜿蜒的雨丝，又聚成涓涓的细流，从土屋左檐角上的鳞鳞灰瓦边缘坠落，把他灰色的麻布衣濡湿了大片。

老爹想起了自己下了土的老伴儿，想起多年前自己也这般坐在村口看着雨景咳得泪流满面。那时，老伴儿不知道何时悄无声息地走到了自己身后，把一条用麻茎皮沤制后做的旧衣服盖在了自己身上。

可是如今老伴儿走了，还有谁来给自己送一件暖衣？

"爸。雨这么大，咋还坐外面呢。"

身后突然响起一道清澈的声音。

老爹僵住了身子。两秒钟的顿滞后，老爹只觉得有什么温暖的东西盖在了自己的肩上，他缓缓转身，看到一道干瘦高挑的身影，正站在自己身后。

这人不正是自己日思夜想的憨娃儿吗？

"憨娃儿？咋想着回村里来了？"老爹眼角湿润了，他揉了揉眼角不知道是雨水还是泪水的液体，哽声问道。

憨娃儿似是早有准备，他咧开了唇瓣宽厚的大嘴，憨憨地笑道："爸，其实我一直没有跟你说明白，我当初考的是农科院的公务员，我主动申请分配到咱们村儿里，推广新技术来了。"

"农科院？你进了农科院？还搞新技术？啥子新技术？"一连串的发问如连珠炮般从老爹口中喷出。

"就是水泥筑堤、深水养鱼的新技术啊。我考察过咱们这儿的土质和水质，咱们可以把山坡改成梯田，那样，就既可以养鱼，又可以种田了。田鱼单产可以提高到一百五十公斤以上，利润提高到一千五百元以上，年利润比现在的黄茶还要高五六倍呢。"

憨娃儿说的一大串七弯八绕的科技词汇，老爹听得稀里糊涂，但是憨娃儿话里的大体意思，他是听懂了。

顿时，老爹板下了老脸来。他声色俱厉地道："这不还是回家来种地吗？"

憨娃儿见老爹神色不悦，就憨憨地笑道："爸，你不是说当官要为老百姓谋福嘛。我虽然就是个蛋大的公务员，但是能为村里的老乡们谋福，也是好事一桩啊。带着村子里的老乡们走上发家致富的路，多好。"

"荒唐！"

老爹突然抬起手，冲着憨娃儿那被雨水打湿的脸，就是一记响亮的耳光，拍得憨娃儿脸上水花四溅。

憨娃儿捂着脸，后退了一步，呆呆地看着自己的老爹，满脸错愕。

"爸……"

"种地！你爷爷，你太爷爷、祖爷爷都是种地的！种地有什么前途！我不是说过，让你去当大官，不准你再干种地的活吗！"

"不是，爸，你不懂，这是新技术……"

"我咋的就不懂？"老爹霍然起身，他两手攥紧了拳头，气得浑身颤抖，仿佛恨不得把心中的满腔怨怒喷泄而出，"人要有追求。种地，永远是没有前途的！"

二

2019年，耿娃儿七岁。

耿娃儿是憨娃儿的儿子，他从小在城里长大，但是节假日的时候，他偶尔也会来到老爹的村里，看着老爹在村里跟水产专业合作社的村民们谈天说地，谋划农业观光产业的发展。

耿娃儿虽然听不懂，但是他知道，自己老爹是连接农村和城市的桥梁与纽带，他为自己的老爹自豪。

耿娃儿很喜欢村里的梯田，有时候他贪玩，会爬到土屋的屋顶上，望着远方那起起伏伏的梯田发呆。那时候，耿娃儿觉得群山那好看的曲线，就像电视里仙女们的衣裳。

可是好景不长。耿娃儿八岁那年，省农科院质标所派了研究员来村里考察，发现村里的鱼稻提取的多糖中存在重金属超标的现象，达不到国标的秋季二熟稻谷铅含量需小于0.2mg/kg的规定。

这一结果一经报道，村里的鱼稻市场顿时销量急剧下降，价格也逐年走低。

村子鱼稻的"绿色品牌"垮了，耿娃儿老爹投资在合作社里的资金，也血本无归。

无奈之下，耿娃儿老爹及时止损，结束了在村里十多年的工作，回到了城里的家。每天，耿娃儿就看着自己的父亲坐在沙发上，一脸的消沉与颓废，他默默地抽着烟，一抽，就是一个上午。

耿娃儿给老爹递上茶水，老爹接过瓷杯，在嘴边呷了一小口，只是润了润嘴唇。

"耿娃儿啊，"老爹拍着耿娃儿的脑袋瓜子，语重心长地说，"一定要读书，要有出息，绝对不能再干播田种地的活儿。爹当年没听你爷爷的话，现在的下场，你可是看到了。"

那时候，耿娃儿耷拉着脑袋听着自己老爹的话，一双灵光尽显的大眼睛扑闪扑闪，弥漫着似懂非懂的困惑。

一定要读书，要有出息。

在老爹的影响下，耿娃儿刻苦学习，就像老爹说的那样，坚决不走种地的道路。

最后耿娃儿选择要当一名宇航员，为了满足老爹的执念，他决定长大了要去太空，去更高远的世界，因为这样，他这辈子就可以远离那片让他祖祖辈辈都吃尽苦头的土地了。

岁月飞逝，耿娃儿读完了小学，念了中学，又靠着他牛一般强壮的体魄和坚持不懈的努力，成为一名空军飞行员；最后，他成功地通过了宇航员的选拔，成为中国第一千三百六十七批有资格前往空间站的宇航员。

时代在进步，科技在发展，耿娃儿一步一个脚印地迈向了他的梦想，看着自己的儿子按照自己当年的叮嘱规划着自己的人生，耿娃儿的老爹也非常欣慰。

只是耿娃儿走后，耿娃儿老爹终究也变得孤独了起来。为了给儿子减少负担，耿娃儿老爹经营起了一家灌汤小笼包店，靠着从耿娃儿娘那儿学来的一点手艺，勉强能在失业后养活自己。

孩子工作后，父母总是老得更快。

岁月的风很快吹白了耿娃儿老爹的头发，也吹弯了耿娃儿老爹的背，更吹走了老爹心中曾经拥有的梦想与野心。年纪大了，他只希望自己的儿子平平安安的，早日给自己带个白白净净的漂亮儿媳妇回来。

一天，耿娃儿老爹在自家餐馆里，看着柔性贴纸电脑里的网络直播视频，看到人类发现"宇宙种子"的新闻报道。

"20日上午9点，我国航天局的2号月面观测基地在月球表面对月球高空进行观测时，发现了大量不明发光物。通过月面侦察机对发光物的信号近距离观察和能谱分析，地面基地的分析人员发现其中包含着八次磁子信号，认为这可能是物理学家曾经预测的'超重磁单极子'。这种物质只有在宇宙暴涨初期才会诞生。超重磁单极子的发现，意味着斯坦福大学的科学家安得列·林德曾经预言的'单极子'宇宙模型得到了验证。

"超重磁单极子也被称为'宇宙种子'。物理学家们认为，这些'宇宙种子'能级很高，它们处于随时都可能会暴涨的亚稳态，只要稍微增加一点能量，达到暴涨的临界点，它们就极有可能被激化、暴涨，形成一片全新的'时空暴涨区'。那将是一个全新宇宙诞生的时刻。"

网络直播的画面中，一个由计算机根据磁信号模拟出来的磁单极子缓缓地浮现而出，那是一个极其绚烂美丽的球状物体，它的表面就像木星一般有着道道边界清晰的条纹，那烂漫绚美的条纹极富层次感，从上而下分别是玫瑰红、宝石蓝和翡翠色。乍一看，这磁单极子就像是一个飘浮在太空中的球形汉堡。

那时候，看着网络电视里的新闻，耿娃儿老爹还没有意识到"宇宙种子"的发现，会让自己娃儿的命运发生怎样的改变。

转眼又是十年。

十年后的一天，耿娃儿老爹还是一如往昔那般，懒散而颓废地坐在地下城市老家的沙发上。

"爸。"老爹耳畔响起了一道熟悉的声音。

他睁开眼睛，却看到自己那留着黑密胡须的耿娃儿正站在自己身旁，扯着毛毯的一角轻轻往自己身上拉。

"局里放假了？你娘不在了，我做不好面，冰箱里还有点材料，自己凑合着煮点东西吃吧。"耿娃儿老爹的语气非常颓废。三年前，耿娃儿娘因为肺癌去世了。

"爸，你又喝酒了。娘不在，你照顾着自己点儿啊。"耿娃儿有些不满地皱了皱眉。

"我自己有数……"耿娃儿老爹动了动有些僵硬的脖颈，眼神里透露出的是浓浓的疲倦。

耿娃儿犹豫了一阵，然后道："爸，我这次是从局里请假出来的，两天后，我就要走了，要执行航天任务。"

"嗯，好好干。你现在啊，可是航天英雄了。"老爹动了动嘴唇说。

耿娃儿顿了顿，睫毛动了动，道："爸，这次的任务不太一样。"

耿娃儿老爹微微撑开了眼皮，流露出了纳闷之色。

耿娃儿道："这次我执行的任务是'宇宙种地'计划，我的任务内容是去撒播'宇宙种子'。"

"撒播'宇宙种子'？"耿娃儿老爹的眼里满是迷茫。

"嗯。"耿娃儿点点头，耐心地解释道，"十年来，咱们国家的航天局用磁场干涉装置，捕获了大量的超重磁单极子。物理学家觉得通过超高能的粒子束激活，可以让本来就处于亚稳态的种子满足暴涨的条件，从而在种子内部发生一次小规模的宇宙大爆炸，那时候，种子内部就相当于诞生了一个全新的宇宙。"

"这玩意儿……有危险吗？"耿娃儿老爹只听懂了一半，但是他的眼神还是变得犀利了起来。

耿娃儿迟疑了一阵，最后还是微微点头，道："爸，不瞒你说，危险是有的。上面的命令不单单是要我激活磁单极子，还要我进入磁单极子暴涨后形成的新宇宙里。爸，去了新宇宙以后，我不知道自己还能不能回来，因为新宇宙里的一切都是未知的。这次，我是来跟你说声对不起的，如果我回不来了，你……你一定要照顾好自己。"

说到这里，耿娃儿的声音低了下去，最后，他哽住声，说不下去了，只剩下眼角还带着点晶莹的水光。

"不行！"听到耿娃儿的话，老爹终于坐不住了，他怒喝一声，一把掀开了身上的盖毯，坐立起身，但很快就剧烈咳嗽了起来。

耿娃儿急忙找来茶水给老爹，催促他灌下，但是老爹却是一挥手，一把抽飞了耿娃儿手里的水杯。

"就不能让机器人去吗，非要人去？"

"因为现在的机器人还没有复杂的自我意识，到了新宇宙之后，我们这边的通信会和那边断开，很多突发情况，只能靠人的手工操作和主观判断。"

"那我不准你去执行这么要命的任务！"老爹气急败坏道，凌乱的白胡须因为情绪的波动而微微震颤着，"别给我瞎搞！"

"可这个任务，真的很重要。"耿娃儿有些倔强地道，"这关系到全人类的未来！如果在新宇宙里可以发现大量资源的话，人类就可以获得无穷无尽的能源和资源了啊！"

"那也不行！"老爹气不打一处来，"我只有你这么一个儿子，我不能让你就这么折了！宇宙种子……宇宙种子……我从小告诉你别走种地的路，你倒好，种地都种到天上去了是吧！

"我跟你说了多少遍，人要有追求，种地，是永远没有前途的！"

说着，耿娃儿老爹扬起了右臂，一个硬邦邦的耳光，眼瞅着就要冲着耿娃儿的脸颊抽打而去。

耿娃儿缩起了脖子，闭起了眼，四十多岁的人，在这一刻，却还像多少年前的小娃儿那样紧张和胆怯。

看着耿娃儿缩起脖颈的一幕，老爹突然愣住了。

一股强烈的电流，毫无来由地在他的身体里攒动着，这股电流触动了他深藏在脑海最深处的记忆。

那是多少年前的事了……

是在老爹还年轻的时候，他似乎，也曾经在自己的老爹面前，这样缩起过脖子，挨过巴掌。

"种地是永远没有前途的！！"

这句话仿佛一句咒语，开启了沉睡在基因深处的某一把无形之锁，一种强烈的颤动拨动了他的心弦，这股颤动继续扩散，沿着他的毛细血管一直传递到手臂，最后，耿娃儿老爹，居然缓缓地缩回了手，一屁股坐回了沙发上。

耿娃儿老爹低着头，眼神黯淡了下去，他用手掌压着脸，用一种外力强行挤压声带发出的嘶哑而虚弱的声音道："算了，我管不住你了，你走吧。"

270

那一刻，老爹突然觉得自己是真的老了。

耿娃儿有些不敢置信地看着老爹，眼中浮现出了满满的惊诧。

"爸？"

耿娃儿甚至已经做好了狠狠挨老爹一顿骂的准备，他万万没有想到，老爹却放弃了留下他的执念。

这不符合耿娃儿对老爹的印象。

老爹不是一个懂得宽容的人。

"走吧。"老爹摆了摆手，重复道，"去做你觉得对的事。可能，这就是命。"

就好像他这辈子能说的话，都已经说完了。

老爹拉起了毛毯，重新裹在了身上，而耿娃儿眼中那复杂而犹豫的神色，最后还是渐渐消退下去，取而代之的，是一种带着执着信念的坚定。

"谢谢你，爸……"耿娃儿轻轻地说。

那声音轻得像一颗划过夜空的孤独流星。

一个月后

"神农号"核动力太空飞船，搭载着世界上唯一一台尾波加速器，向着地日之间的L4拉格朗日点而去。

"神农号"的船长正是耿娃儿。

当飞船抵达引力平衡区时，梭子状太空飞船的发射仓前端仓盖缓缓敞开，露出了一个深邃漆黑的发射口。倒数计时后，一颗散发着绚烂光芒的球状物体缓缓地喷射而出，按照预定的导轨在太空中呈直线缓缓前行。

驾驶室中，耿娃儿双目凝定，专注地看着磁子信号显示屏上的超重磁单极子的坐标，呼吸渐渐加快。

绚丽的磁单极子仿佛一团沉睡在宇宙中心的诱人花苞，表面流光溢彩，不断变化着其辐射光谱，带给人一种梦幻而烂漫的视觉奇观。

"发射高能粒子束。"耿娃儿下达指令。

驾驶室内的尾波对撞机操纵员重重拉下了发射杆。

一道高能粒子束就这样从粒子束发射口喷射而出！恐怖的高能粒子束，仿佛一道锐利的刀刃，在太空中猛然割出了一道狭长的破口！

粒子束正中目标！

被高能粒子束击中的那一刹那，超重磁单极子表面的亮度急剧攀升，那白灿灿的球状光团，仿佛太空中盛放的一团璀璨烟花，以惊人的速度迅速向外膨胀开来！

短短数秒内，超重磁单极子的体积就膨胀了十个数量级！

但是没过几秒，那一团太空中的白光就又迅速地暗淡了下去。

当耿娃儿眯起眼睛，重新通过磁子成像仪看着激光命中区时，他倒吸了一口冷气。

原先的磁单极子所在区域，此刻留下了一个绝对完美的透明泡泡。这个极其光滑的泡泡仿佛女巫手中的水晶球，空灵梦幻，晶莹透润，其表面倒映着一整片宇宙中的万千星光！

"是虫洞！"大副难以掩饰脸上的狂喜之色，"磁单极子激发成功了！"

驾驶室内发出了一片欢呼声，所有操纵人员都难以掩饰内心的狂喜之色，他们举手欢呼着，相互拥抱在一起。

同样响起欢呼的，除了"神农号"内的三十六名宇航员，还有地球上近百亿人类。

"你们说，虫洞的那一头，会有新的宇宙吗？"

同船的女分析员眨了眨明亮的眼睛，望着那如肥皂泡泡般飘浮在太空中的虫洞，眼里满是好奇之色。

"按照单极子宇宙理论，里面有新的宇宙。"耿娃儿说道，"磁单极子被激发后，会发生暴涨，形成新的宇宙，但是由于那个宇宙空间的精细结构常数和我们宇宙的有细微的不同，那片暴涨区，很快就会被排斥到我们宇宙之外，形成一个新的小宇宙，就像是花生长出了新的头；而被激发过的磁单极子核心区，则会撕裂成一个虫洞，就像连接花生两头的通道。"

"像是气球的吹气口！"

"船长，你说里面的时间跟外面是同步的吗？"

"不知道。外面的人是无法知道的。那里的一切，对我们来说，都是谜。"

"准备前进。"大副说道，"进入新宇宙。这将是改变人类命运的时刻。"

"稍等一下，"耿娃儿微微犹豫之后，说道，"我还有一番话要和全人类说。"

耿娃儿开启了全球广播频道，清了清嗓子，目视着飞船前方飘动着的虫洞，眼角缓缓浮动着晶莹的泪珠。

　　"地球上的同胞们。我们的'宇宙种子'结出果实了。这是值得全人类永远铭记的时刻。因为这意味着我们人类有了上帝般的力量——我们虽然还不能殖民火星，不能离开太阳系，还不能畅游我们的宇宙，可是，我们却已经能够做到撒播'宇宙种子'，创造出一个又一个新宇宙！

　　"能够通过我的手让人类见证这一天，我要感谢一个人，那个人，就是我爸。

　　"我爸爸是个室内农作物研究员，也就是种地的。我的爷爷也是种地的，我的太爷爷也是，太太爷爷也是……我的家族祖祖辈辈，都是种地的。种地，似乎是一种命运，我家族的每一代人，都在试图逃脱种地的命运，他们想搞研究，想做计算机，想做高能物理……可是无形之中，仿佛有一双看不见的命运之手，又把我们一代代引回到了这条路上。小时候，我爸对我说，长大了，要有出息，千万不要学他去种地。所以我努力学习，进了空军，希望长大后能够远离大地，飞向天空，遵从我爸爸的心愿。可是没想到，歪打正着，我最终还是成了一个种地的，只不过，这一次，我播撒的，是'宇宙种子'。我要感谢我爸爸，最终，他没有阻止我走上这一条路，让我有幸为全人类开启一个崭新的时代。

　　"谢谢你，爸。

　　"爸，儿子走了。

　　"也许，这就是我们家族的命吧。爸，我相信，命运，是一种比宇宙更伟大的存在。"

说到此处，耿娃儿的眼角一片通红。他深深吸了口气，一把抹去了眼角的泪水，然后攥紧了拳头，带着一丝颤音，高声发令道：

"'神农号'，前进十！"

"前进十！"

驾驶室内，群情激昂。

"神农号"的引擎全功率开启，船身全速前进，仿佛一只不撞南墙不回头的猛虎，带着全人类的执念，带着亲人们的挂念，向着前方的新宇宙，猛冲而去！

超宇宙时代就此开启！

三

超宇宙时代的到来之神速，超出了人类世界中最伟大的科幻作家的想象。

仅仅不到十年，一幅浩荡磅礴的神级文明历史就展开了其恢宏壮丽的画卷。

通过对超重磁单极子的激发来进行"宇宙播种"，人类文明的科技也实现了伟大的"跃迁式发展"。人类在不过几年的时间内，就从连太阳系都离不开的低级文明，向着不可思议的文明科技树顶点极速进军。

"只有寒武纪的生物大爆发才能和如今的科技大爆炸相媲

美。"这个时代最著名的科学史专家如此评价说。

是的，这是奇迹时代。

随着"小宇宙"制造技术的发展，各种新奇的技术正在以超出过去人类想象的速度浮现而出。

首先诞生的，是无限能源技术。

高能物理学家们意识到，当同时对两个"宇宙种子"进行激发时，两个靠得很近的"宇宙种子"暴涨形成的"宇宙泡"泡壁之间会剧烈挤压，在这个剧烈挤压的过程中，"宇宙泡"泡壁交界处会出现剧烈的量子涨落，这个过程会释放大量辐射，同时诞生更多新的"宇宙种子"，这些全新的"宇宙种子"，是霍金所预言的宇宙之间的"高密度量子真空背景"受到挤压后，凝结出的高能"背景碎片"。

通过制造"宇宙种子"，人类可以源源不断地从"高密度量子真空背景"之中获得取之不尽的能源。

在无限能源科技之后诞生的，则是时间机器。物理学家们发现，由于"宇宙种子"本身存在着能级的差异，其暴涨后所形成的全新的"小宇宙"的空间尺度因子也并不相同，有些小宇宙的体积，甚至只有地球大小，其宇宙空间从暴涨到反弹收缩的周期也很短。而如果人类制造两个只有地球大小的"宇宙卵"，并且将这两个宇宙卵的出口相互连通，形成类似于太极阴阳鱼的首尾相接结构，就会产生非常奇妙的物理现象：当处于某个A宇宙卵之中的旅行者向左出口走，并从左出口进入B宇宙卵之中，然后再通过B宇宙卵的出口从右侧走回到A宇宙卵之中，就相当于绕了两个宇宙卵一圈；而当两个宇宙卵的空间一起以每小时两公里的速度收缩反弹时，出口就相当于以每小时两公里的速度向宇宙卵内的人靠拢；如果宇宙卵内的旅行者穿过左出口，从收缩的出口返回，宇宙卵中的旅行者的速度就会每小时增加两公里，如此一来，这个旅行者移动速度就可以到达每小时四公里，而这样的速度会随着环绕"宇宙卵"的旅行次数的增加而增长，在一次次的环绕旅行后，旅行者的速度可以增加到每小时六、八、十……公里，直至达到超过光速的速度。而当旅行者在宇宙卵中的速度超越光速，在时间轴上，旅行者将实现时间上的倒退旅行，回到从前，从而实现访问时空中的任何一点。理论物理学家评价说："这就是一个人造的米什内尔空间[1]。"

时间机器的发明，自然而然也就伴随了超限计算能力的"封闭类时曲线"计算机的诞生。这种被人类命名为"天启机"的神奇计算机利用了大自然维护因果连续性的天然机制，可以利用封闭类时曲线进行时间旅行，将满足特定运算需求结构的未来信息输回到过去的某个时刻，将解出的答案输出。对于在小宇宙之外的人来说，小宇宙之内的计算机仿佛只花费了不到一秒钟的时间，就解决了普通计算机需要上千万年才能计算出的答案。而更强的计算能力，则开启了更多的超级技术的迭代，人类文明的科技水平，仿佛宇宙暴涨一般疯狂提升着……

一个又一个大大小小的子宇宙如雨后春笋般浮现，点缀在浩瀚无垠的量子涨落背景之海上，仿佛一座又一座美丽的"宇宙岛"。这些"宇宙岛"宛若夜空中璀璨闪耀的星河一般铺散开

---

1 由查尔斯·米什内尔提出的一个简化宇宙理论。

来，有的如珍珠项链一般串联衔接，有序排列，结构精致；有的则无序散开，飘荡起伏，随波逐流，仿佛棋盘上散乱的棋子。而一艘又一艘的人类远征船，则在一个又一个崭新宇宙之间穿梭巡逻，搜寻资源，寻找新宇宙文明的踪迹，同时撒播新宇宙的种子，仿佛君临无数宇宙文明的上帝……

超宇宙时代开启的第十六年

2168号种子宇宙中，一颗被白茫茫的大气环绕的蔚蓝星球的某个不起眼的小山村中，一片连绵的幽绿色丘陵高低起伏。丘陵尽头，是一片金黄色的稻田。

孬娃儿坐在村口的小板凳上，手里捧着一本破旧的教科书，嘴里念念有词。

他抬起头，擦了擦额头上的汗珠，看向了远处正在稻田里辛苦劳作的老爹，眼中生出了一丝不忍。

孬娃儿放下了手中的课本，拿起地上的镰刀，向着稻田的方向走去。

可是，当他用手中的镰刀割下了第一穗稻时，一股巨大的力量猛地拍落了他手中的镰刀。

孬娃儿抬起头，看见了老爹那严肃而写满了苛责的脸。

孬娃儿老爹怒道："我跟你说多少遍了，人要有追求，种地，是永远没有前途的！"

天空尽头，云层深处，一艘长达数百米的巨大太空飞船悄然滑过，稍一现形，又很快隐没在浓云深处，仿佛一条沉入海中的黑鲸。

黑鲸的侧腹上，赫然写着三个大字：

神农号。

"神农号"内，耿娃儿背靠着驾驶座，长长吁了口气。

"船长，怎么了？"驾驶座内，大副问道，"是不是航拍到的乡村画卷，让您想起了什么？"

"是啊，想起了我小的时候。"耿娃儿感慨一笑，道，"在我小的时候，我爸对我说，长大后，绝对不要去种地，不要走我们家族祖祖辈辈走过的老路。那时候，我迷茫地问过自己：我长大后，该去做什么？是发明机器猫的时光机，穿越到各个时代去旅游？还是建造人造太阳，解决能源问题？抑或是当个计算机硬件工程师，建造更强大的计算机？

"最后，我没有听我爸爸的话，还是选择了去种地，可是……我却实现了我小时候幻想过的所有的梦。"

耿娃儿的眼中，闪烁着晶莹的泪光。

"刚才的航拍画面，让我想到了我爸小时候。也许，每一个文明，都注定会经历这个阶段吧。耗子，在离开前，发射一些'宇宙种子'，作为给这个文明的馈赠吧。我想，这个文明，已经处在科技爆炸的前夜。"

"可是，这个文明科技发展后，是否会对我们发动战争呢？"

"战争源于空间与时间有限情况下的资源争夺，如果一切都是无限的，所有宇宙都将不会再有战争。"

"……我明白了，船长。"

大副憨厚地点点头，微笑着转动了"宇宙种子"的发射旋钮。

伴随着一连串复杂的运作指令，"神农号"飞船的"宇宙种子"喷射管口向外打开，一枚又一枚的"宇宙种子"喷薄而出，洋洋洒洒，轻柔慵缓，仿佛乘着山风飘荡的蒲公英，飘散向下方绵延无尽的古老土地。

在可以预见的未来里，这个2168号文明所在的星球上的观察员也将观测到"宇宙种子"，开启他们的科技新革命。来自这个文明的一艘又一艘播种飞船，也将继承着地球文明的播种使命，一起游荡下去，以撒播者的身份，将希望的光芒照亮一个又一个全新的宇宙。或许在某一天，该文明的飞船，会和地球文明相遇。

几分钟后，"神农号"驶出了美丽的星球，悄无声息地向着无垠的太空深处飘荡而去。

耿娃儿无法断言，种子飞船的最后一站会是何方，但他的心中，却深存着一个终点。

是宇宙的尽头？

是岁月的尽头？

不，那是梦想的尽头。

"愿文明的种子，在所有的宇宙之中生根发芽。"

读客®
科幻文库

跟着读客读科幻，经典科幻全看遍

太空歌剧、赛博朋克、奇幻史诗……

中国、美国、英国、俄罗斯、波兰、加拿大、日本、牙买加……

读客汇聚雨果奖、星云奖、轨迹奖获奖作品

精挑细选顶尖的科幻奇幻经典

陪伴读者一起探索人类文明的过去、现在和未来

亿亿万万年，直至宇宙尽头